哲学の蠅

吉村萬壱

創元社

蛆虫

空を舞う一羽の鳩が突然飛行能力を失って墜落したのは町外れの雑木林の中を走る農道の側溝の中であったが大きな外傷はなく鳩としての外見はほぼ保たれていて一人の少年が蹲ってそれを観察し始めた時にはまだ生きていると思えたほど羽には艶があって翼も微かに動いていたがその動きには明らかに鳩の羽ばたきとは違う波打つような不自然さがあったので少年が小枝を拾ってきてその翼をゆっくりと持ち上げたところ翼の下には黄色味を帯びた白い無数の虫が蠢いていて互いに押し合いへし合いしながら鳩の肉を食べておりどの個体もこの御馳走を存分に味わいながら丸々と肥え太っているその様はこの世に生を享けて間もない彼らが腐肉を吸収する

ことの喜びに満ちているようで少年は思わず笑みを浮かべて更にじっくり観察を続けている内に急に陽が傾いて周囲が暗くなってきたので慌てて立ち上がると耳元にブンと音がして思わず首を竦(すく)めて走って帰って母親にそのことを報告すると彼女はその虫は蠅の幼虫で蛆虫(うじむし)というのだと我が子に教えていつもより念入りに手洗いをさせた。

哲学の蝿　目次

蠅画・見返し写真　吉村萬壱

I

肉

体罰

物心付いた時には、既に暴力は常態化していた。

尻肉に分厚い母の平手が飛んでくる度に、私は痛みそのものとなって歯を食いしばるだけで、母が私に求めているらしい「よい子」になることになどまるで考えが及ばなかった。痛みそのものに意味はなく、「意味ゼロ」に何を乗じても「意味ゼロ」に過ぎない。私を打擲(ちょうちゃく)しながら母は盛んに何か言っていたが、そんな言葉は発せられた尻から蒸発していった。つまり私は、ただ無意味に痛い思いをしていただけなのだった。

母は決して私の頭を叩かないということを、自分へのエクスキューズにしているようだった。頭は精神が宿る大切な場所だから、という理由らしかったが、本音は私がバカになってしまっては困るからだと見当が付いた。元看護婦だった母は、体表面の痣（あざ）は時間と共に消えるが、衝撃を受けて壊れた脳は二度と元に戻らないことを知っていたのである（後に彼女の姉は交通事故に遭って脳挫傷を負い、後遺症が残った。入院していたこの伯母の溲瓶（しびん）を取り替えたりしたのは甥の私である）。息子の頭を絶対に叩かない。それは裏を返せば頭以外であればどこを叩いても構わないということであり、体罰は体の表面だけではなく、内臓にまで及んだ。即ち母は私に夕食を食べさせずに胃を痛めつけ、自分だけこれ見よがしに食べることでこれに精神的苦痛をも加えてきた。時には玄関土間に立たされている私のところに丸い缶を持ってやってきて、目の前でクッキーを頬張ったりした。私はしかし、自分が悪いことをしたのだからこのような罰を受けるのは当然だと思っていた。そして実際私は、母に隠れて悪いことをすることに異常な情熱を注ぐ子供だったかも知れない。「つまらんこと」を「こそこそと」やり、「平気で嘘を吐（つ）く」子供。これが彼女が息子に与えた「本質」であり、私はそのような子供として子供時代を生きた気がする。

悪いことは、多岐に及んだ。

一日寝床に入ったものの腹が減って眠れず、夜中にこっそり布団から這い出して台所に忍び込み、炊飯器の中からご飯を手掴みで盗み食いしたり、朝起こされても眠くて堪らず、歯を磨いた後に洗面所の床に横になって寝ていたりといったごく小さなものから、市民会館で上演されていた演劇を裏口から入って無銭観劇したり、母親や親戚の財布からお金をくすねたり、本屋で本を万引きしたりといった犯罪行為に至るまで様々だった。そしてこれに種々の愚行や変態行為が加わっていたから、そんな息子を持ってしまった母親の苛々も、あながち理解出来ないことではないと思うのである。

最近、九十歳の彼女の口から「そう言えばあの頃は気分であんたを叩いとった」という言葉が飛び出して愕然（がくぜん）としたのだが、母親とて一人の人間であり、気分の支配を受けずに常に正しく振る舞える筈のものでもなかろう。しかも母の気分の乱高下には父の振る舞いが大きく影響しており、父の母への仕打ちが息子である私への八つ当たりとなっていた可能性は否定出来なかった。父は一見仕事一筋の猛烈ゼネコン社員で、家庭のことは専業主婦である母に任せっ切りという典型的な昭和の男のスタンスを取っていた。従って夜中に赤い顔をして帰ってきて、母から今日も息子が悪いことをしたという報告を受ける度に、「しょうがない奴やな」という顔で寛大な父親役を気持ちよさそうに演じていたが、実際は外で何をしてきたのか怪しいもので、それが度重なると決まって勘の良い母は機嫌を損ねた。自分の行為が結果として、妻による息子への体罰を助長させていることになど、女心に敏感とは言い難い父には全く思いもよらなかったに違いない。

体罰が母の気分に左右されていたということは、その場面が大変過激なものになる場合もあれば、突然弛緩することもあるということであった。そもそも加虐自体に相当なコストが掛かっていたに違いなく、母の心にふっと嫌気が差して、途中で止めてしまうような場面も少なくなかったと思う。被虐の側は刺激に応じて泣いたり叫んだりしていれば事足りるが、加虐の側には絶えざる創意工夫が求められ、叱る内容、言葉選び、打擲の力加減などは状況に応じて臨機応変に為されねば充分な効果は期待出来ない（その効果とは、私が「よい子」になることではなく母の気分が晴れるかどうか、彼女の体罰がいかに教育的に見えるかどうかということだったにしても）。このような多大の時間とエネルギーとを要する加虐は、八つ当たりや気散じ以外に何かもっと他の魅力がなければ母にとって到底割に合わない営みではなかったろうか。

例えば私が嘘を吐いた廉(かど)で母の力強い指によって頬を捻(ひね)り上げられる時、子供の柔らかい頬の肉を力一杯捻り上げている大人の内面というのは一体どういうものだろうか。そこに教育的配慮や使命感のようなものが全くなかったとは言えないにしても、まさかそれだけではなかろう。何よりも小学校低学年だった私の頬は大福餅のような感触だった筈で、桃のようにうっすらと産毛に覆われたその白い頬が大きく歪(ゆが)み、苦痛の余り大粒の涙を流しているのを見ながら体罰を加え続ける母の心に、どうして残忍な加虐の悦びが渦巻いていなかった筈があろうか。そのような悦びが存在しないような体罰を、私はとても想像することが出来ないのである。母は間違いなくそんな痺(しび)れるような快感に、密かに酔っていたに違いない。

　そして私は知らず知らずの内に母の真似をして、その手の悦びを自分の心の中にも探るようになっていった。それは主に独り遊びの時に顕著に現われた。犠牲になったのはまず虫である。私は蟻(あり)の行列やカマキリを踏み潰したり（カマキリの尻からは高確率でハリガネムシが姿を現した）、バッタの脚を全てちぎって達磨(だるま)にしたり、蝶やトンボの羽根を和紙に代えたり（彼らは勿論飛べなくなった）、学校で習った通りにカエルやフナを切り開き、取り出した内臓を草むらや池に捨てたりした。そういう遊びに、私は子供っぽい好奇心を満たす以上のゾクゾク感を覚えていたと思う。それが高じてくると、私は虫や爬虫類や魚では飽き足らなくなり、もっと大型の獲物を求めた。

ある日、私は野良犬の子供を捕獲した。丸々した仔犬だった。私の家の裏には大きくなだらかな土手があり、その土手の上には私の通う小学校があった。土手は階段状になっていて、階段の踏み板の部分はコンクリートで固められ、法面（のりめん）には芝が植えられていた。学校はここで遊ぶことを禁じていたと思うが、それは建前だけで、我々児童はよくここに立ち入って段ボールを橇（そり）にして滑り下りたりして遊んだ。私はここで仔犬を捕獲したのである。法面に立って下を見下ろすと、ずっと下方にU字溝の側溝があった。今でもなぜそんなことが出来たのか分からないが、私はその側溝めがけて手の中の仔犬を投げ捨てたのである。取り返しのつかない音と共に、側溝の中の仔犬は一目見てさっきまでとは明らかに違う不自然な姿勢になった。そして数秒後に正気付き、側溝から大急ぎで這い出て逃げていったが、その走り方は後肢に重大な怪我を負ったことを示していた。私は、その仔犬の命がその後長くはもたないだろうと直感した。そしてそれは私のせいだった。仔犬の運命は、二度と取り返せないのだった。

このことがあってから、私は生き物に対してどこか冷淡になったような気がする。そして自分自身に対しても。それは、生き物を愛する資格を失ったということだったと思う。こうして私は、母の体罰を受けるに相応しい悪い子供へとまた一歩踏み込んだのだった。

やがて人間に対しても、発作的に残酷な行為に及ぶということが起こった。

ある日私は近所の公園の砂場で、小学校の遊び仲間数人と組んでO君という友達をかなり執拗に苛めた。理由など、あってないようなものだった。何となく私はO君が気に食わなかったのだ。そんな風に誰かを集団で苛めたのは初めてだったが、私はその場にいた誰よりも積極的にO君を攻撃した。考えるより先に手と言葉とが自然に出た。O君は我々に小突かれ、顔に砂を掛けられ、ネチネチとふざけた言葉を浴びせられた。私はどこまでやるべきか分かっていた。O君が泣くまでだ。その時私は無意識の内に、私を責める母のやり方をなぞっていたに違いない。やがてO君は堪り兼ね、とうとう泣き出した（今になって思えば、彼はかなりの時間を耐えた）。私はその瞬間、散々我慢していた小便を便器にぶちまけたような突き抜けた快感を味わった。砂まみれの惨めなO君の姿を見ても、一点の同情も湧かなかった。仲間の中には腰が引けてしまっている者もいたが、そういう奴は臆病者だと私は思った。何だか、自分が一回り大きくなった気がした。すると我々の元に一人の大人の女性が駆け込んできて、物凄い迫力で「あんたら何をしとるんや！」と一喝した。我々が張っていた結界はその一声によって一瞬で破られ、なぜか苛めの首謀者であることを見抜かれた私は、集中的に彼女から罵声を浴びせられた。その女性は公園を見下ろす団地に住み、ベランダからこの様子をずっと見ていたO君の母親だったのだ。彼女はO君に泣き止むようにと命じ、O君が泣き止んだのと入れ替わりに今度は私が泣き出してしまった。O君の歯を食い縛った悔し泣きに比べると、私の泣き方は遥かに子供っぽいしゃくり上げだった。私は自分が蟻のように小さな存在になったと思い、明日からは誰も遊んでくれなくなるだろうと思った。しかし私が泣いた理由はそんなところにはなく、O君の母親の言葉の端々から、彼女が決してO君に手を上げない母親であることが分かったからだった。私は自分が惨めになって泣いたのであって、O君を苛めたことを悔やんで泣いたのではなかった。叩いてこない大人に何を言われても、反省などするわけがない。従って私の心に残ったのは、厳密には加虐の喜びの感覚だけなのだった。

こんなこともあった。

夏休みや冬休みに、私たち家族は父の郷里である徳島県によく帰省していた。私は、家と道を隔てた納屋の二階を自室にしている年上の従兄弟のTとよく遊んだ。部屋の窓の外には欄干が付いていて、ある日Tがその欄干の上に、外に尻を突き出す格好で腰を下ろしていた。私は蚊取り線香用のマッチで火を点けて遊んでいた。ふと見ると、Tの半ズボンから出た太腿が目の前にあり、私の手の中には火が消えたばかりのマッチがあった。私は吸い寄せられるように、マッチの頭をTの太腿に押し当てた。すると、ブルッと震えたかと思うとTの姿が瞬時に消えた。慌てて欄干から身を乗り出して下を見ると、地面に尻餅を突いたTが問い掛けるような顔で私を見上げていた。私が「いけるか?」と訊くと、Tは「いけるじょ」と答えた。Tが二階から落ちた場所にはコンパネやベニヤ板が何枚か重ねて置かれていて、それが落下のショックを和らげたらしかったが、後で二人でゾッとしたことには、彼の数センチ横には数本の釘(くぎ)が突き出していたのだった。私は後に何度も、もしTが仔犬のようになっていたらと考えては肝を冷やした。しかしTに致命的な結果を齎(もたら)したかも知れない錆びた太い釘がコンパネから突き出していたという恐ろしい事実は、私が彼に対して行った衝動的な行為に一種の重みを与えもした。釘の存在が私をして、彼の運命を左右し得る絶対的な立場に立たせたのである。そこに私がこの事件をいつまでも忘れられない理由がある。私は思い出す度に、ゾクゾクしていたのだった。

ひょっとするととんでもない結果を招くかも知れないという予測不可能性は、加虐の悦びと分かち難く結び付いているような気がする。母が私の尻を叩くその一打一打が子供の心身にどのような結果を齎すか、たとえ看護婦の経験があったとは言え、本当のところは母にも分かっていなかったろう。そして母を悦ばせていたのはこの分からなさなのだ。誰が結果の分かり切った加虐に興奮しようか。「さっきの一発であれだけ泣いたんやから、これ以上強く叩いたらあかんわ」と思いつつ、さっきより僅かに強く叩くところにこそ痺れるような快感があったに違いないのである。

私は母に叩かれている間全く抵抗することはなかったし、心の底から怯え、頭や目の奥が痛くなるまで泣き叫ぶのが常だった。体罰にはやはりそれだけの力があった。私の涙の中には、悪いことをしたことへの強い後悔や、何度叱られても「よい子」になれない自分という存在に対する慚愧の念が含まれていた。私にとって母の体罰は、恐ろしいものであると同時に当然の報いであるという、二律背反的な性質を帯びていたと言える。

どんなに長く続こうと、体罰は必ずその日の内に終わった。

父の帰宅は決まって午前様だったから、母には充分過ぎる時間があった（私には父の前で叩かれた記憶がない）。そしてどんなに遅くても、夜中の十一時までには終わっていたような気がする。私は母の許しが得られるように、ない知恵を絞って懸命に謝罪や誓いの言葉を考えたが、頭の良い母が求める正解にはまず辿り着くことが出来なかった。従って体罰の終わりは、常に母の気分によって決まった。

被虐の後の許しの瞬間というのは、実は最も辛いものである。

私は動くことを許され、食べることを許され、風呂に入ることを許され、眠ることを許されたが、心に刺さった釘を急に抜かれた痛みは格別で、すぐには普通の状態に戻れなかった。それはずっと正座して痺れの切れた足が正座から解放されてもすぐには歩けず、餓死寸前の人間に不用意に食料を与えると死んでしまうことがあるのと同じであろう。許しは時に残酷な加虐なのだ。許しの瞬間に私の心は折れてしまい、風呂で体を洗ったり遅い夕食を食べたりしながら消え入りたいような居たたまれなさを感じることがままあった。体罰は時に強い依存を生み、突然なくなってしまうと生きる気力そのものが消えてしまうのである。料理下手の母が作った冷え切った夕食は、お腹が空き過ぎた私の胃袋には生ゴミ同然で、温い風呂は汚水のようだった。折檻中にあれほどまでに切望していたものが結局生ゴミと汚水でしかないなら、許しなどに一体どんな意味があったろうか。

しかし私はまだ子供で、天然自然の活力が備わっていた。暫くすると精神的に落ち込んだ状態のまま、普通に食べたり入浴したり眠ったり出来ることに身体が勝手に悦び始め、やがてそれに鼓舞されるようにして気持ちも立ち直っていくのが常だった。こうして生ゴミは夕食に、汚水は風呂の湯に戻った。すると、さっきまでの鬼の形相が嘘のようにすっかり素の顔でテレビの深夜番組を見ている母に対して、私は本当にご免なさいという気持ちで一杯になり、許されたことに心の底から感謝するのであった。

思うに子供時代の私は、母の存在が巨大過ぎて上手く主体というものを育てることが出来ず、ただ母の暴力の対象としての客体という在り方に止まっていたのだと思う。

やる側ではなくやられる側に慣れてしまうと、行為する主体としての力も弱まってくる。例えば私には、主体的に物を盗んでいるという自覚がなかった。私が欲しかったから物を盗んだのではなく、物が私を欲した結果盗みが生じたのだと私は半ば本気で考えていた。文具店の消しゴムは、カラフルな色とデザインを通して「今すぐあなたのポケットに入れて持ち帰って下さい」と訴え掛けてくる。私はただその要求に応えただけなのだ。物に操られて行った行為であるから、その罪も半分になる道理であった。こんな馬鹿げた理屈に満たされるほど、私は曖味で非現実的な世界の中にしか生きていなかった。その無責任な世界はしかし部分的に現実世界と重なっていたから、私の軽率な行為は度々現実世界のルールに抵触した。そして現実世界の審判者である母によって見咎められ、罰を受けた。その罰によって私は暴力を受けるだけの存在として益々客体化し、主体性を希薄化させていったのである。

客体としての生は、自分で考えなくても済む生き方だ。それは楽であり、馬鹿のままでフラフラしていればよいということを意味した。私は母に反抗して悪事を働いていたのではなく、単に悪の誘惑に負けて流されていくだけの木の葉のような子供に過ぎなかった。主体的に選択した悪ではないから実はその程度も高が知れていて、実際は殆どの場合思い切った悪事へと踏み込むことが出来ず、結局中途半端に善悪の境目から少し善寄りの所をウロウロしているに過ぎなかった。悪は善より難しいからである。

もし私が真の悪人であったら、母も私と本気で渡り合わざるを得ず、それはそれで彼女にとって充分に手応えのある仕事（生き甲斐）になり得たかも知れない。しかし私はそんな玉ではなかった。従って母も私に対して本気になることはなく、せいぜい父への不満の捌け口にするのが関の山だったのだろう。「気分で叩く」とは要するにそういうことだった。今思えば母の私に対する最大の不満は悪いことをしたり嘘を吐いたりすることとではなく、その悪事が「つまらんこと」に過ぎず、しかも私がそれを「こそこそと」やる点だったと分かる。彼女は土佐の出身であったから、悪人も「いごっそう」(快男児、酒豪、気骨のある男の意の土佐弁)でなければならず、私のような小者など真面目に相手にする気にもならなかったに違いない。しかしそもそも暴力とは、敬意を抱く相手に振るうものではない。だからこそ私に対する彼女の暴力は止まらなかったのだろうし、そして私の方もまた、彼女に敬意を払っていなかったからこそ、体罰を加えられれば加えられるほど益々こそこそとしたつまらない人間になっていったのだろうと思う。私の専門分野は善よりも難しい本物の悪ではなく、専(もっぱ)ら、善よりも遥かに簡単で何の意味もなさそうな小さな悪だった。そういう卑小な俗悪事に、私は嬉々としてこそこそと取り組む子供なのだった。

　そしてその俗悪事には変態行為も含まれていた。

　なぜ自分がそういう方向へ向かったのかはよく分からないが、思うに我々家族は元々どこかおかしかったのだ。父と母はよく子供の前で赤ちゃん言葉で喋り、そのままのノリで子供にも接してきた。父は度々自分の足で私の脚を撫で回し、それは性的愛撫のようにしつこかった。

母は目覚まし代わりに私の鼻の穴に舌を入れてきたし、大股を開いてパンティー越しに自分の局部の匂いを息子に嗅がせたりもした。普通の母親がそんなことをするだろうか。また、潔癖症の母は床に落ちている埃（ほこり）や髪の毛が許せない性格で、綿埃や糸屑を見付けるとその場で口に入れてよく食べていた。

　そんな環境下にあったからか、私も幼い頃からどこか普通ではないことを普通にやっていたのである。

　小学三年生まで、我々は父が勤めるゼネコンの社宅に住んでいた。それは三棟しかない小さな団地だった。私はその団地の裏でよく遊んでいた。そこは団地の棟とブリキ板の塀とに挟まれた、殆ど日の当たらない薄暗い空間だった。棟の裏にはベランダがあったが、ジメジメしていて洗濯物も干せない場所だった。私はいつも土の匂いのする、このような湿った空間に否応なく惹き付けられた。ブリキ板を連ねた塀の向こうには工事現場があり、剥がれたブリキ板を手で捲る（めく）と工事現場の中に潜り込むことが出来た。塀に現れる隙間は、「こっちにおいで」と絶えず私を誘った。私は勿論その誘いに抵抗出来なかったが、私を衝き動かすものが一般的な子供のそれと決定的に違っていることは、はっきりと自覚していた。

日曜日の午後、私は遊びに行くと言って家を出て、母に気付かれないようにブリキ板の隙間から工事現場に侵入した。そこには鉄骨の足場が組まれてあり、材木その他の建築資材や道具類が積み上げられ、幾つもの死角があった。ここに一歩足を踏み入れた途端、私は周囲の見取り図を頭に描いて何をどう進めるべきかを瞬時にシミュレートした。そして物陰に隠れて素早く服を脱ぎ捨てて全裸になった。靴と靴下も脱いで裸足になり、足裏に冷たい地面を感じた。私はその場にしゃがみ込み、小さなペニスを勃起させ、自分の体を撫で回しながら物凄くドキドキした。まだ手淫を知らなかったので、メインイベントは裸のまま可能な限り遠くまで歩き回ることだった。もし誰かに見付かってしまえばその時点でお終いだということは分かっていたが、正体不明の破滅願望に衝き動かされて私の足は止まらなかった。私は裸のままズンズン歩いた。工事現場の足場の外は開けた場所があり、そこにはトラックが停めてあり、一軒のプレハブ小屋が建っていた。薄暗い工事現場の中とは違い、昼間の太陽に照らされた明るい広場だった。周りはしっかりとした高い塀に囲まれていたが、トラックの出入り口は大きく外に開かれていて、ロープが一本張られた向こうには一般道路が通っていた。私は板壁から様子を窺った。一般道路を数台の車が行き交い、歩道を往き過ぎる通行人の姿も見えた。見付かる危険性は高かったが、プレハブ小屋まで辿り着きたいという燃えるような欲望に焦がれて私の脳味噌は沸騰していた。

その時私の頭の中には、二頭の白イルカが跳ね回っていたと思う。

私は自分の体を撫で擦り、意を決して板壁から飛び出した。人間は古代ギリシアのアスリートがそうだったように、経験上、全裸で走るのが一番速いと思う。私はあっと言う間にプレハブ小屋に到達した。周囲を見回すと白昼の広場には逃げ隠れ出来る場所が何一つなく、身の置き所のない羞恥と破滅の恐怖とで、全身がバラバラになりそうなほどの恍惚感に私は気絶しそうになった。咄嗟に掴んだプレハブ小屋の窓のサッシは冷たく無機的で、自分が生々しい裸でいることの異様さを一層際立てて素晴らしかった。私はサッシを掴んだまま、懸垂するように体を引き上げて窓の中を見た。そこは現場事務所で、事務机や移動式黒板などが乱雑に置かれていた。観葉植物の向こうに焦げ茶色のソファがあるのが見えた。そしてソファの肘置きの上に安全シューズを履いた大人の足が乗っているのを見た瞬間、私は自分でも驚くほどの速さで工事現場の中へと走って引き返した。足の裏で石や木片のような固い物を何度も踏んだが、構っている場合ではなかった。本能的な正確さで服と靴の隠し場所まで戻ると、私はそれまでで最も短い時間内で着衣を完了した。

服を着た私は瞬く間に何の特徴もない馬鹿な小学生となり、エロチックなスペクタクル劇の舞台は埃っぽい現実的な工事現場に戻った。私はブリキ板の隙間から社宅の敷地へと引き返し、暫く近所をうろついてほとぼりを冷ましてから家に帰った。破滅することなく生き延びた私は、再び凡庸な日常を生きることとなった。

外で裸になりたいという欲望が一体どこからやってきたのか、私は知らない。物心付いた時には既にこの欲望が私をがっしりと捕らえていたのである。それは、他者の目によって「見られる」ことへの欲望なのだろうか。全裸であることを見られたら破滅であり、そうであるからこそ見られたいという理不尽な欲望。見られる対象として純粋な客体になりたい、客体となって破滅したいというこの欲望は、母による体罰によって生まれた自己消滅欲求なのかも知れなかった。そしてこれは次第に、私の中の女性化したいという欲望と連動していくのである。外で全裸になっている時、私は常に自分を男としてでなく女として意識していた。男の私にとって、見たいと欲望される肉体は女性でなくてはならなかったからである。男の体に欲望することは、私には全くなかった。

そして私のイメージする女性の元型は、母の太腿にあった。

私は少なくとも小学三年生まで、母と二人で風呂に入っていた。たまに父を交えて三人で入る時もあったが、父の帰りは遅かったので圧倒的に母と二人での入浴が多かった。湯船は木製で、私は熱い湯に浸かって湯船の縁（ふち）を歯で齧りながら、湯浴みや洗髪をする母の裸体をじっと凝視するのが常だった。色白の母は当時太っていて、跪踞（ききょ）や正座をすると真っ白い太腿はパンパンに延び広がって隙間なく密着し、濡れた膝は艶を帯びてテカテカと光った。それはさながら二頭の白イルカのようで、その二頭が合わさる根元の部分に密生したモサッとした黒いモズクに視線がいくと、太腿の白さとその黒との強烈なコントラストに目が眩（くら）んだ。私はその時必ずしも性的に興奮していたわけではなかったが（勃起していた記憶もない）、しかし否応なくこの二頭の白イルカに惹き付けられ、この世にこんなものが存在するということに心の底から幸せを感じた。だから私は外で裸になった時にも、必ず跪踞の姿勢になって自分の太腿を眺めた。また、家の宗教の勤行（ごんぎょう）の時に半ズボンで正座していた時も仏壇などろくに見ずに、自分の太腿ばかり見詰めては淫靡（いんび）な妄想に耽（ふけ）っていた。

愚行

愚行は破滅願望の一種なのか、それとも在り来たりな日常への一服の清涼剤なのだろうか。そういう側面もないではなかったが、寧ろ私の場合、愚行とは一つの処世術と言った方が適当かも知れない。

私は現在に至るまで、子供でもやらないような馬鹿げた愚行を止めようと思ったことがないから、自分は終に大人になることなく終わるのだろうと観念している（私は今年還暦を迎えた）。真面目な人生の中でたまに愚行めいたことをするというのではなく、人生そのものが愚行なのではないかという気がする。分別や正統や権威やアカデミズムといったものに、結局上手く適応することが出来ない人生だったと言う他はない。私の全ては我流で、偽物で、嘘っぽく、従って本物には絶対に敵わないということが本能的に分かってしまっているのだ。

甲斐バンドの甲斐よしひろが昔ラジオで、俺はブルース・スプリングスティーンの来日コンサートには行かない、なぜなら下手に本物に接すると吹っ飛ばされてしまうからだ、という意味のことを言っていた記憶があるが、私は彼の気持ちがよく分かる。本物というのは無反省で奔放で、恐るべき破壊力を持っているからだ。長じてから映画『アマデウス』を観た時、一定の才能があったが故にモーツァルトの天才を誰よりも理解出来たサリエリの人生に私は慄然（りつぜん）とした。彼は本物の天才に近付き過ぎたのである。もしサリエリがモーツァルトと十分な距離を保っていれば、彼が自分の才能に絶望することは恐らくなかっただろう。

小学六年生の時だったか（小学四年生から我々家族はH市の小さな一戸建てに引っ越していた）、ベランダで人形遊びをしながら遊んでいた私を、隣の家のお母さんがこっそり見ていたらしい。そして彼女はどういう動機からか、その後私の母に向かって「お宅の息子さん、歳の割にホンマに幼稚やねえ」と言ったそうだ。私はその時ベランダで赤ちゃん言葉を喋りながら、独りでお人形さんごっこをしていたのである。そんな私とは対照的に、隣の家の息子はまだ小学校低学年だったが、常に小脇に学習百科事典を抱えて綿が水を吸うように森羅万象の知識を吸収し続けていた。即ち彼は正統派の子供であり、六年生の身で人形をヒラヒラさせながら「パパ、ご飯でちゅよ」などとやっていた私は完全に出来損ないの異端なのであった。母はこの話を私にしながら鼻で笑った。私の幼稚さを笑ったのか、隣家の奥さんに笑われた自分を笑ったのか、このような世界そのものを笑ったのか知らないが、その笑いにはうっすらと絶望の気配が漂っていた。その後私が隣の秀才少年とは一切関わりを持たずに益々人形を用いた独り遊びに磨きを掛け、「ママ、うんこ食べちゃ駄目でちょっ」「パパ、おちんちんにイクラが付いてまちゅよ」などと幼稚さをバージョンアップさせていったことは言うまでもない。世の全ての本物に対して常にビクビクしながら距離を置き、極端に自分を卑下して自虐による保身を図るのは、幼い頃から私の体に染み着いた処世術なのだった。

しかし愚行には、愚かさの隠れ蓑(みの)というだけではない別の側面もあった。

私の愚行はシモに関するものが圧倒的で、従ってその多くが変態行為だった。

ある日留守番をしていると夕闇が迫ってきてトイレに行くのが怖くなった私は、一階の和室の窓から尻を突き出して脱糞し始めた。するとまだ尻からうんこがぶら下がった状態で、玄関の鍵が開く音がした。母が帰って来たのだ。私は慌てて尻を引っ込めた。するとその瞬間、遠心力でうんこが飛んで畳の上に転がってしまった、というような変態的愚行は少しも珍しいことではく、そしてそんな愚行に大した意味はなかった。

しかしごくたまに、自分の変態行為に特別の意味が見出せるケースがあった。

外で裸になる秘密の変態遊びを始めてからどれぐらい経った頃だったか、私は父の郷里の徳島で自分の真の欲望を知ることになった。夏休みや冬休みに帰省していた父の郷里には、父の兄の子供（私の従兄弟）が三人いた。長男は私が納屋の二階から落としたTで、他に長女と次女がいたが、この姉妹は揃って美人で聡明だった。小学三年生か四年生の夏休みに、私は彼女たちの部屋に入り浸り、暇に任せて彼女らの持っていた少女マンガを読み漁る機会を得た。「りぼん」や「マーガレット」などのマンガ雑誌や単行本に、私はあっと言う間に引き込まれた。何でもない日常が描かれたものもあれば、お伽噺（とぎばなし）やファンタジー、ホラーまで内容は様々だったが、共通しているのは主人公の可愛さ、美しさだった。少年マンガの主人公が必ず何か行動を起こさなければお話にならないのに対し、少女マンガの主人公はただそこにいるだけで十分に絵になった。そし彼女は何一つ行動しなくても、周りの男たちから美しさを発見されてあれやこれやと面倒を看て貰い、流れに身を任せながら泣いたり笑ったりしている内に万事が丸く収まり、最終的にこれ以上ないほどの幸せを手にするのである。一体、こんな省エネな生き方があるだろうか。

「おもっしょいんで?」

そう言われてマンガの世界から顔を上げると、そこにHとYの従姉妹の顔があった。私はまだまだ子供だったが、小学生の中高学年の彼女たちには子供とは言い切れない何かが備わっていて、私はそれが、今の今まで浸っていた少女マンガの世界にあったものと同じものだと直感した。即ちそれは、女性としての美であった。昨日まで何も感じていなかった二人の従姉妹(二人は別々のタイプの美人で、長女Hは澄ました感じ、次女のYはお侠(きゃん)な感じの美人だった)の顔に、私はこの瞬間初めて羨むべき美を見出したのだった。私は彼女たちのスラリとした四肢、裸足の足、長い手指、健康的な肌、サラサラした髪などを盗み見て、この二人は少女マンガの世界の中にいてもおかしくない存在だと思った。その時私の中に生じた羨望と嫉妬は、その後もずっと消え去ることはない。彼女たちの持っていたものは、男の私にはないものだったからである。

ある日私は、どういうきっかけでそうなったのかは忘れたが、次女のYと二人切りで押入の中に籠った。彼女は間違いなく男の体に興味があり、私はその無害なサンプルに選ばれたのだった。薄暗く狭い空間で我々は下半身を見せ合い、互いの性器がどういう構造になっているのかを観察した。しかしYのそれは余りに単純な構造であったために私の興味を惹かなかったのか、全く記憶に残っていない。この秘密の営みは、しかし純粋な知的好奇心に基づくものであり、恋愛感情や性欲といったものは全く介在しておらず、当然私も勃起などせず、押入の中に充満した小便臭さもあくまで医学的な性器観察という真面目な目的の前では大して気にならなかった。それどころか却って私の憧れの女性美は、目の前の具体的なサンプルを超えて一層理想化されたと言ってよい。

この徳島での日々を境に私は益々女性に憧れ、出来れば女になりたいと望むようになった。その根底には、恐らく他者が見たいと欲するような美しい存在でありたい、そして他者の視線によって焼き尽くされたいという破滅願望があったと思う。ここにはなぜ私が理由も分からないままに、外で裸になるという危険な遊びに取り憑かれるようになったのかという疑問に対するヒントがある気がする。即ち私は美しい女として欲望される存在でありつつ変態女として破滅することによって、母の暴力によって無意味に破滅するような存在から自分自身を救い出そうとしたのではなかったろうか。女となって破滅することには、「つまらんこと」を「こそこそと」やるだけの屑（くず）のような男子として破滅するより、少なくとも美しい存在としての意味があると思えたに違いない。もしそうだとすれば、私は幼い頃から一種のロマン主義者であり、妄想の中に生きるしかない哀れな夢想家だったのだろうか。

私はこのような育ち方をした子供だった。

何か合理的な理由があってこのように育ったのではなく、何らかのきっかけで一定の欲動が意味なく始動してしまったケースだと思う。佐藤秀明の『三島由紀夫　悲劇への欲動』〔岩波新書〕の言葉を借りれば、その欲動は「前意味論的欲動」ということになろうか。

「前意味論的欲動とは、言語化し意味として決定される以前に遡ることになる体験や実感に表れた、何ものかに執着する深い欲動とでもいった意味である」〔前掲書、二〇二〇年、五―六頁〕

三島由紀夫の場合それは肥桶（こえおけ）を前後に荷（にな）った汚穢屋（おわいや）（糞尿汲取人）の若者になりたいという欲動であり、私の場合は外で裸を晒（さら）す変態女になりたいという欲動だったということになる。それはもし母による体罰がなければ決して発動していなかった欲動だろうし、私という人間を形成するに当たってやはり体罰は決定的な役割を果たしたのだと思う。

しかしだからと言って私がいかなる断罪も免れ得るかと言うと決してそんなことはなく、私が十分に罪深く、どこまでも偽者で、そして軽蔑すべき存在であることに変わりはない。意味付けやエクスキューズなど後で幾らでも出来るのであるから、読者は私の言葉に惑わされることなく、この嘘吐きで紛（まが）い物の小説家の真の姿を見極めて欲しいと願う次第である。（嘘を吐け）。

II

森

倦怠

小学六年生から中学に上がる直前の休みの期間に、私は一種の興奮状態の中にいた。まず引越しがあった。

雑木の山に囲まれた盆地の中の二百坪の土地を、父は以前に格安価格で購入していた。その土地に、母の意見を容れながら一級建築士の父自身が図面を引き、度々現場を監督しつつ五十坪の家を建てた。我々はこの春、そのだだっ広い鉄筋コンクリートの家に引っ越したのである（彼らが強引にこの無駄に大きな「豪邸」に引っ越したのは、小学四年生の時に社宅から越して住んでいた建売住宅を私の友達が「小さい家」と評したことに対して、母が猛烈に腹を立てた結果だった）。周りには、僅かな食料品と雑貨を商うT商店一軒しかなく、あとは雑木林だった。引っ越した当初は水道水が出なかったので、このT商店に井戸水を貰いに行く必要があった（この貰い水の仕事は主に私に割り当てられた）。人の気配が殆どないため、我が物顔で野犬の群れが徘徊し、土鳩が啼き、大きな蛇が這い回るような不気味な場所だったが、私はこの空間が嫌いではなかった（それから一年後に、この雑木林が私にとって文字通り「オカルトの森」となる）。

私には二階の六畳間が勉強部屋として与えられた。二階にはあと六畳間が一つと四畳半が一つあったが、空き部屋と納戸になっていて、従って私は二階の空間全体を自分だけの領分だと思った。私の両親の教育方針はどういうものだったのか未だによく分からないが、とにかく「つまらんこと」を「こそこそと」やるのにこれ以上適した場所は他に考えられず、私は興奮の余りゾクゾクした。

そして間もなく私は中学生になるのであった。それは大人への一里塚であり、旺文社の中学一年生向け学習雑誌「中一時代」の年間購読契約の景品として手にした万年筆が、大人の世界の象徴物に思えて嬉しくて堪らなかった。

つまり私を取り巻く環境は、この春に物心両面において激変したのである。

中でも最も大きな変化は、母の体罰からの解放だった。

小学校を卒業した後、私は母の微妙な態度の変化や、私の体付きをこっそり窺うような視線に何となく気付いていた。その視線は、息子がまだ、自分の鬱憤晴らしに叩いたり抓ったり出来るオモチャであるかどうかを慎重に査定しているかのようだった。そして母は、息子に対して今まで通りのやり方で不用意に手を挙げてしまうと、そう遠くない未来に体力的に逆転された時、返り討ちに遭うかも知れないという結論に達したに違いない。母はそっと私から視線を外し、狙っていた獲物を諦めた時のライオンのような物憂い瞬きをした。私が犯罪行為のような完全な悪を犯した場合は別として、クッキーを食べながら行うような、単に母の気分によって行われる体罰の時代は遂に終わりを告げたのだということを、我々はこの時、夫々の立場で暗黙の裡に了解し合ったのだと思う。

しかし母の絶対支配の下で物心付いて以来永きに亘って客体であり続けた私が、そう簡単に主体的な生き方へと舵を切れる筈がなかった。私の眼前には茫洋とした自由の地平が広がっていたが、それは幸せであると同時に巨大過ぎて私の手に余った。私はこの有り余る自由を前に、忽ち何をしたらいいのか分からなくなった。小学校を卒業したのであるから宿題もなく、貰い水などの若干の手伝いを別にすれば一日の時間は全て私のものであった。私は次第に春の気怠さと共に耐え難い嗜眠状態に陥り、巨大な倦怠の餌食になっていった。それは心地よくもあったが、体罰を受けていた時のあの充実感に比べると空虚過ぎて大いに物足りなかった。真の意味でやりたいことが、私の人生にはいつの時代も欠けているのではあるまいか。母は中学校の勉強の予習をしろとうるさく、私は自分の部屋に籠もって勉強している振りをしていたが教科書には何の魅力も感じず、ひたすらペニスを弄っていた（私は一戸建ての建売住宅に越してきた小学四年生の夏にマスターベーションをマスターして以来、猿のようにオナニーを繰り返していた）。

母の手から伸びていた操り糸が切れた今、無数の選択肢の中から自分の行動をいちいち自ら選んで決定していかねばならないという状況は、操り人形だった私にとって寧ろ、体罰から開放された直後のあの許しの辛さに通じる苦痛を意味した。そこで私は、次の瞬間に何をどうするかということをいちいち考えなくて済むように、自分の生活を一分の隙なく規則によって埋め尽くしてしまおうと考えた。即ち母の代わりに「ルール」によって自分の自由を極力制限し、それによって楽になろうとしたのである。

私は全てを厳密にルール化することにした。まず一日の行動を、起床から就寝まで分刻みで時間割表に書き記した（時間のルール）。七時起床、七時〇一分布団上げ、七時〇三分着替え、七時〇五分トイレ（小便）、七時〇六分洗顔、七時十分窓開けと深呼吸。七時三十分朝食。八時休憩（仮眠）、八時二十分体操。といった具合である。そして行動のルールも決めた。風呂に入った時はまず右脚十回、左脚十回、右腕十回、左腕十回、次に胸を十回擦（こす）り洗いする。湯船には最初五分、最後に八分浸かる。トイレではトイレットペーパーは三回分巻き取って、四つ折りまで使って捨てる（それでもまだウンチがトイレットペーパーに付く時はこれを繰り返す）、ご飯は口の中で十回噛んでから飲み込む。湯呑みのお茶は四回に分けて飲み干す。ズボンと靴下と靴は必ず右足から身に着ける。寝る時は仰向けになって気を付けの姿勢を崩さない。自閉症の人が体を圧迫されることによって落ち着きを取り戻すように、私はこのような種々の規則によって自分自身を縛り付けることで精神の安定を得ようとした。日常生活というものは意外と単純な営みの繰り返しによって成り立っていたから、基本的なルールを覚えるのにそれほど苦労は要しなかった。余力が出て、私はルールを更に細かくしていった。勉強机から部屋の出入り口までの歩数、トイレから洗面所や居間に至るまでの歩数、玄関から門までの歩数も全て決めた。そしてその歩数に合わせられなかった場合は、リセットして最初からやり直したりした（後に戸川純の『樹液すする、私は虫の女』［勁文社］の中の「思春期まで」というエッセイを読み、彼女が同じようなことを自分に課していたことを知って親近感を覚えた。ちなみに彼女と私は同い年である）。

このような生活全般に及ぶ完全ルール化は私に一種の快楽を齎したが、時間が足りなかったりエネルギーが枯渇していたりして規則通りに出来なかった時は却ってストレスが溜まり苛々した。それでも休みの期間に限っては概ね上手くいった。

このような脅迫的な几帳面さに対する志向には、恐らく父の影響（遺伝？）があったと思う。父は大変に几帳面な性格で（私の血液型はB型、父はA型、母はAB型である）、特に子供の頃はワイシャツの第一ボタンまで留めなければ気が済まない少年だったらしい（徳島に帰省していた時、子供の頃のその極端にキッチリした性格を伯母や祖母に笑いものにされていた父が、半分笑って半分怒ったような情けない顔をしていたのを私はよく覚えている）。

ところがいざ中学校生活が始まってみると、そんな個人的で厳密過ぎるルールは忽ちの内に木っ端微塵に吹き飛ばされてしまい、私は目の前の級友や教師やカリキュラムにその場その場で自分を合わせていくだけの、その日暮らしの無個性な一中学生に転落してしまった。何だかやたら騒々しい中学校生活はまるで嵐の中にいるようで、そんな荒波の中で自分という船を自分のルールに合うようにコントロールしながら航行していくような離れ業は、私のような主体性のない人間にはとても不可能だったのだ。私はクラスの中の、自分の個性やスタイルを維持しながら順調に航行しているように見える級友（どのクラスにもこの年齢にして、もうすっかり完成されたように見える中学生がいるものである。しかし彼らの中には、完成を急ぎ過ぎた余り無理が祟って、どこかで崩れ去る運命を辿る者も少なくなかったと思う）を眺めては羨ましく思いながら、精神を掻き乱してくるばかりの学校生活という荒海に次第にうんざりしていった。国語と美術こそそこそこ面白かったものの、あとの授業はどれも難し過ぎるか退屈で、必修クラブの軟式テニス部は玉拾いばかりさせられてとても嫌だった。私はスポーツにもテレビ番組にも漫画にも音楽にも大して興味を覚えなかったので、友達との会話も余り弾まない詰まらない生徒だったに違いない。それどころか私は、自分自身が幼稚の極みであったにも拘わらず、クラスの男子生徒の殆どを幼稚な連中として見下していた。女子に至っては、否応なく惹き付けられる容姿には屈服していたものの、話題や興味関心が余りにも現実的で即物的であり、近視眼的で精神性の低い存在として軽蔑の念すら抱いていた。実際は私こそ幼稚で精神性が低かったに違いないのだが、当時の私は新しい環境に馴染めずに次第に内向きになり、現実から遊離した妄想世界へと無意識に足を取られていたのだと思う。夏休みを迎える頃には私はすっかり中学校生活に退屈し、倦怠の淵に転落してしまっていた。

この頃私は偶然、偕成社のジュニア版日本文学名作選『吾輩は猫である』を読んだ。それまでの読書はせいぜい、タミヤのプラモデルの三十五分の一ドイツ機甲師団シリーズと戦争映画（『大脱走』、『史上最大の作戦』、『ナバロンの要塞』、『戦場にかける橋』など）に影響されて戦争関係の本を読むぐらいだったが、親の知り合いに貰ったものだったか、ある日この本が不意に私の手元にやってきたのである。ジュニア向けとは言え文体は原文のままのこのかなり難しい本を、当時の私がちゃんと読めたのかどうかはっきりした記憶はないが、とにかく一応読み終えたと思う。そして私はこの名作を、何だかどうでもいいようなことをとても多くの言葉を費やしてああだこうだと回りくどく書かれた物語だとしか思わなかった。特に大きな事件が起こるわけでもなく、言葉の無駄遣いに終始した挙句、語り手の猫が酔っ払って甕（かめ）に落ちて溺死して終わるこの小説は、しかし何か一つの奇妙なテキストとして妙に印象に残った。ひょっとすると私の退屈な日々も、このように過剰で執拗な言葉によってスケッチしたり考察したりすることで、あるいは退屈さを逃れて何か別の意味を帯びてくるのではないかという漠とした思いが湧いたのである。しかし、それはこの小説を読んだことで文学の魅力に目覚めたということでは全くなかった。苦沙弥（くしゃみ）先生のように、外の世界で何（日露戦争など）が起こっていても、猫を撫でながら縁側で茶を啜（すす）るようなのんびりした人生を送りたいという気にはなったが、それも現実逃避の手段としてはいかにも力弱い気がして、もっと別の強烈な何かを私は切望した。

他者

小学四年生の時、QとFという二人の友達がいた。我々に共通のブームは忍者だったが、実際には私は忍者について詳しくもなく余り興味もなかった上に、どことなくQとは波長が合わないと感じていた。私はそれがばれないように彼らと話を合わせていた。すると私とQとが、夫々に手裏剣や鉤縄（かぎなわ）などの忍者の道具セットを自作してその出来映えを競い合うことになった。我々は毎日のように、道具制作がどこまで進捗しているかを報告し合った。Qの方は日増しに道具が増えていて、私も負けじと話を合わせ、Qよりも立派な道具を作っていると公言していたが、実際は何一つ作っていなかった。

　ある日曜日に三人が学校の体育倉庫に集まり、Fを審判に立てて私とQの作った道具の品評会を行うことになった。当日は酷い土砂降りで、私とFとが先に体育倉庫に着いた。手ぶらの私はFに道具を作っていなかったことを告白し、その理由としてQとは馬が合わないからと伝えた。そして私は何を思ったか、体育倉庫の扉に内側から鍵を掛けてしまったのだった。やがて扉の磨り硝子越しにQの影が見え、「おーい、開けてくれ」と言いながら硝子に顔を押し付けてきた。雨は益々激しくなり、体育倉庫の天井に叩き付ける雨音は彼の声を掻き消すほどだった。私がひたすら、彼が諦めてさっさと帰ってくれるように祈っていると、見かねたFが体育倉庫の扉を開けてしまった。扉の向こうから、なぜか傘を持たずに濡れ鼠になったQが「濡れたあ」と言いながら入ってきた。その手に、どこで手に入れたものか本格的なアタッシュケースが提げられているのを見た時、私は全てが終わったと思った。

「御免。俺嘘吐いてたんや。忍者の道具、実は全然作ってなかってん」私はQに謝罪した。彼はすぐに「ええって、ええって」と許してくれた。それは、ずっと私の話が嘘であることを承知していたに違いない言い方であり、この時私は、自分はQのこういうところが我慢ならなかったのだと思った。Qが忍者道具の説明を、恰も何事もなかったかのように得々と説明するのを私とFはじっと聞きながら、所々で「凄いなあ」「かっこいい」などとわざとらしい合いの手を入れた。しかし実際は私のみならずFにとっても、これ以上の気まずい空気はなかった。私は一刻も早くこの時間が過ぎ去ってくれることを祈っていたが、Qは淡々と道具解説を続けた。Qのその無神経さに、私は次第に腹が立ってきた。しかし雨に濡れた顔のこの時のQは、友達に裏切られたことに深く傷付き、本当はこっそり涙を流しながら喋っていたのかも知れないと、今になってそんな風に思ったりもするのである。

その後我々は、自然に疎遠になった。私は、彼らとは元々友達でも何でもなかったのだと思うようにした。そして実際そうだったと思う。私はこのように、友達というものに対して夢中になったり誠実になったりすることが上手く出来ない子供だった。級友たちはどうして男同士の結び付きを殊更熱心に求めたりするのか、漫画やドラマでも友情がやたら強調されるが友情とはそんなに素晴らしいものなのか、そもそも「親友」同士とはどういう関係性のことなのかといったことが、私にはよく分からなかった。今でも私は、異性とであれば理解出来るが、同性の他人との間に熱烈な関係性を結ぶことの意味がいま一つピンとこない。どこにそんな必要があるのだろうか。男同士の間柄において私は常にどこか冷めていて、そしてそれで特に不都合はないような気がしているのである。

そんな私に、中学二年になって新しい友達が出来た。

Kはいつも教室の中で一人で本を読んでいて、近寄り難い雰囲気の生徒だった。私は前髪を垂らした色白の、寡黙で雀斑（そばかす）顔の、手指の綺麗なこの孤独な精神体になぜか大いに惹き付けられた。彼が女性的に見えたからだろうか（実際には彼は少しも女性的ではなかった）。そしてある時私は蛮勇を奮って彼に接近し、彼の唯一の友達になることに成功した。Kには私しか友達がいなかったので、私も自然に友達付き合いをKに絞るようになった。我々は常に二人切りで過ごし、クラスの中で完全に孤立していった。

時恰もオカルトブームであり、超能力や心霊現象がテレビや雑誌を賑わしていた。五島勉（ごとうべん）の『ノストラダムスの大予言』がベストセラーとなり（この本には一九九九年の七の月に人類が滅亡すると記されていた）、つのだじろうの心霊漫画『うしろの百太郎』の連載が「少年マガジン」に、『恐怖新聞』の連載が「少年チャンピオン」で始まり、超能力者ユリ・ゲラーが来日し、失神者続出と言われた悪魔祓い映画『エクソシスト』が封切られ、第一次オイルショックの社会不安がこのブームに拍車を掛けた（母がこの時スーパーマーケットに通い詰め、トイレットペーパーの爆買いに狂奔したことは言うまでもない）。今思えばこの時の日本人は、虚実入り乱れたオカルト祭りに踊り狂う一億総狐憑き状態にあったと思う。

Kはこのブームの体現者のような存在で、修行によって超能力を身に付けて特別な人間（超人）になることを至上命題としていた。そんな生徒は他にどこにもおらず、その唯一無二なところが私には堪らない魅力に映った。そして彼を通して、私の精神の中にもオカルティズムの波が怒涛のように押し寄せてくることになる。

Kはクラスの連中を心の底から軽蔑していた。なぜなら彼らは皆旧い人類に属しており、そう遠くない未来に一様に滅亡する無知なる存在だったからである。それに対してKは超人類の卵であり、来るべき人類滅亡を超能力によって生き延びることになっているというのである。私は彼からその説明を聞いて、これぞ私が求めていた現実逃避の最強の武器だと思って驚喜した。この世に、目の前にある現実世界を超えた向こう側の世界を探求する学問的実践分野（オカルティズム）が存在することは、私にとって希望の光となった。やはり世界はたったこれだけの退屈な代物ではなかったのである。

私はある日の下校途中に、小さな本屋で生まれて初めて自分の小遣いでオカルト本を五冊大人買いした。この瞬間が、私と本との真の出会いだったと思う（その日の興奮は、今でもはっきりと覚えている。この日を境に、私は本という一種の霊的存在物に取り憑かれたのである）。私は鞄の中のずしりと重い五冊を宝物のように持ち帰り、机の抽斗の中に隠した。その時買った五冊は、浅野八郎『オカルト秘法』〔講談社〕、桐山靖雄（せいゆう）『念力　超能力を身につける九つの方法』〔徳間書店〕、中岡俊哉『テレパシー入門　あなたが忘れているこの不思議な力』『密教念力入門　あなたの眠れる超能力を開発する』〔祥伝社〕、山田孝男・影山勲・奥成達（おくなりたつ）『瞑想術入門』〔大陸書房〕であった。この五冊は私にとって、教科書にうんざりしたり母に叱られたり現実生活に嫌気が差したりする度に、抽斗から取り出して読み、撫で擦り、頬擦りしまくる愛玩物であり護符であり聖典となったのだった。

もし一九九九年の七月に人類が滅亡するのであれば、我々が日々汲々としている学校の成績や交友関係などに一体何の意味があるだろうか。全てが悉く（ことごと）無になってしまう終末の日を見据えて賢く備える者のみが、そんな日常の些事に一切煩わされることなく超然としていられるのである。それを知らない級友たちは、今日も小テストの点に一喜一憂し、ごく限られた人間関係に神経を磨り減らしている。何と愚かで、近視眼的な生き方だろう。私はKが齎してくれた終末思想のお陰で目の前の現実を相対化することに成功し、精神的に俄然楽になった。滅びゆく人間の中には私が嫌いな教師や母は言うに及ばず、密かに好意を寄せていたクラスの女子も含まれていたが、彼らは余りにも愚か過ぎるので私の力では到底救うことは出来ず、従って私は彼ら全員を見捨てるつもりだった。これは自然の摂理であり、私は弱者を一顧だにしないこのような自然の冷酷さが嫌いではなかった。

Kは桐山靖雄の密教に心酔していて、当然私も大いに感化された。その後手に入れた『密教超能力の秘密』〔平河出版〕や『変身の原理』〔角川文庫〕は、私のバイブルとなった。それらの本には、真言密教と古代ヨーガとを組み合わせた著者独自の超能力開発法が記されていて、それは、ただお題目を唱えるだけの我が家の宗教とは比べ物にならないほど魅力的な内容に思えた。真言密教は我が家の宗教からは国を滅ぼす邪教と見なされ、従って母には、私が密教に心酔しているという事実は絶対に秘密にしておかなければならなかった。それが益々私を夢中にさせた。個人的で卑屈なものに過ぎなかった「こそこそと」やることが、人類滅亡という悲運に対抗する壮大なプロジェクトへの参画へと一挙に昇格したわけで、茫洋としていた大地のど真ん中に自分の往くべきしっかりとした一本道が出現した気がした。

しかし家の事情から、私には本格的に桐山密教の信者になる道は閉ざされていた。Kは桐山密教の関連商品にもお金をつぎ込んでいたが私は書籍を買うのが精一杯で、しかし心のどこかでこの教団には余り接近しない方がいいのではないかという気もしていた。家の宗教からそっちへと改宗したところで、どの道、どの教団も持っているであろう一種の胡散臭さのようなものは変わらないに違いないと直感したからである。きっと学校と同じように、何らかの締め付けに見舞われることは避けられないのだ。それよりも私は、どの教団にも属さずに独自のやり方で超能力を身に付けようと考えた。

本だけを頼りに、私は印（いん）を結んだり真言を唱えたり瞑想したり冷水シャワーを浴びたりして、密かに超能力の開発に努めた。勿論そんな俄（にわ）か修行で超常的な力が身に付く筈がなく、いつまで経っても仏壇の蝋燭（ろうそく）の火一つ靡（なび）かせる念力も、一分先の未来を見通せる千里眼も身に付かなかった。しかし私は不思議と失望はしなかった。なぜなら私は、最初から念力やテレパシーやテレポーテーション（瞬間移動）など毫も信じていなかったからである。Kは人類滅亡の時、千里眼によってヒマラヤの聖地を透視し、そこへとテレポートすることによって死を免れるのだと本気で語っていて、私はずっと彼に話を合わせて首を縦に振っていたが、そんな夢物語が絶対に実現不可能なことは百も承知だった。私はQに嘘を吐いていた時と同様、Kに対しても平然と信じている振りをしていただけだったのである。従って、中学三年生になってクラスが変わると私は忽ちKと疎遠になり、クラスの男子と適当に交わる普通の生徒へと戻っていった。思うに彼との間にあったのもまた、友情と呼ぶにはあまりにお粗末な薄い関係に過ぎなかったのである。これが私の友達付き合いの限界なのかも知れないと、今でもそう思わないではない。

しかしKによって私の中に奔流のように流れ込んできたオカルティズムとこの時代の異様な雰囲気だけは、その後もずっと私の中で影響力を保ち続けて今日に至っている。私はこの時を境にして、この退屈で虚構的な現実世界と接してはいるが別次元に存在する、異界の実在を漠然と信じるようになったのだと思う。現世利益的で怪しげな超能力などより、世界がこれだけのものではなく、もっと遥かに純粋で聖なる世界が、目に見えない形で実在していると信じられることの方が私にとっては遥かに重要だった。オカルトブームは虚実入り乱れていたが、総合的に捉えるならその志向するところはそんな浪漫的な神的領域だと私は思った。その領域こそ母や学校の支配するこの下らない世界から画然と区別された、限りなく美しい世界に違いない。私はそちら側へと飛び移りたかった。しかし私の持っていた本は、どれも願望実現法や健康法や超能力開発法といった形而下的な内容に偏っていて、どちらかと言うと向こう側ではなくこちら側の下世話さに塗（まみ）れている点が不満だった。

儀式

中学二年の夏休みに、父が単身赴任していた青森県に私は母と訪れた。

そして青森市の本屋で、私は一冊の本に巡り合った。それは、W・E・バトラーの『魔法入門』〔角川文庫〕という本だった。背表紙の文字が目の中に飛び込んできて、手に取ってカバー絵を眺め、頁をパラパラと捲った時、私はこれが自分にとって運命の本であることを直感して震えた。これは私が持っているどのオカルト本とも違って、本としての存在そのものがこの世ならぬ聖なる領域に繋がっていることが、なぜか私にははっきりと分かったのである（それは今思うと、難しい漢字や見たことのないカタカナ語に圧倒され、これは今までのオカルト本と違って高尚なことが書かれた専門書に違いないと信じ込んだという、ただそれだけのことに過ぎなかったのだが)。私はこの本によって、いずれ自分が本物の魔法使いになるだろうと確信した(この確信は勿論間違っていた)。魔法使いというのは、この本を読むまでもなく、超人でも超能力者でもないもっと遥かに現実的で知的な何者かであると思った。この本を本屋で買って手に入れた時はまだよく分からなかったが、この本によって私のオカルトブームは新たな段階に入っていく(即ち、即物的で現世利益的なオカルトから、より精神的妄想的自我肥大的オカルトへと移行していったのだった)。

尤(もっと)もこの本は、勉強が出来ない中学二年の私にとっては難し過ぎて、何が書かれているのかよく理解出来ない代物だった。それでも私は活字を目で追い、頁を捲っていくだけで充分に満足することが出来た。いつでもどこでも持ち歩き、学校の授業中にも口絵の不思議な図形の頁を開いて机上に置いていた(そのせいかどうか一時的に成績がアップした)。結局最初の頁から最後の頁まで、私は一字も漏らさず印刷された活字を読み通した。

私にとってこれが、「内容が分からない本を分からないままに読み通す」という経験の最初のものとなった。そんな読書に意味がないとは、私は少しも感じなかった。それ以来ちゃんと読み返したことはないから、結局今でもこの本の内容は殆ど理解していないことになるが、私にとってこれが最も重要な本の一つであることにいささかの変わりもない。その証拠に、私は今でも何かある度にこの本を書架から取り出して撫で回し、頁を捲り、セピア色になった紙の匂いを嗅いでいるのである。本というものは、その中に書かれた内容だけでその価値や役割が決まるものではない。何よりも本とは物体であり、どの本もその本独自の霊性を帯びている。だから全く読まなくとも、傍に置いておくだけで何らかの効能を発揮するような本が存在するのである。私にとって『魔法入門』はそういう類の本の第一号だった。

この本との出会いによって私にとってのオカルトは、より精神的なものになった。この本の第一章「定義と概観」には、ダイアン・フォーチュン女史による魔法の定義が紹介されている。

彼女は魔法を「思うままに意識の中に変革をひきおこす技術」と定義している。［一四頁］

この一文に最初に接した時、まだ「魔法使いサリー」のような魔法をイメージしていた私は、

「何だ。空を飛んだり、木の葉をお金に変えたりする類の魔法ではないのか」、と物足りなく感じたものだが、次第に「思うままに意識の中に変革をひきおこす技術」が手に入ればそれで充分なのではないかと考えるようになった。

それは私の秘密の儀式に関係していた。

私は時々、深夜になると階下の母が寝静まったのを音で確認し、家の二階のベランダに出て樋（とい）伝いに地上に下りて家を抜け出した。そして雑木林に囲まれた誰もいない盆地を歩き回り、雑木林の中に分け入ると全裸になって月の光を浴びながらオナニーに興じた。時には全裸のまま遠くまで山道を歩いて行った。ある時などは、一キロぐらい離れた場所の、洋服の縫製工場の立ち並んだ工業団地まで辿り着いたりした。ふと見ると、道路に一台の商用車が停めてある。私はこの車に引き寄せられ、近付いていってそっと中を覗き込んだ。もしこの車の鍵が開いていてイグニッションキーが付けっ放しになっていたら全裸のまま運転してみようと、私はその時本気で考えていたのである（勿論車の運転などしたことはなく、それほどまでに私の頭は舞い上がっていたのだ）。ドアノブを引くと、驚いたことに車のシートから毛布を跳ね上げてむっくりと背広姿の男が起き上がり、私と真っ直ぐ目を合わせてきた。私は驚愕してそのまま舗装道路を一直線に走り去った。しかし本当にびっくりしたのはドライバーの方だったと思う。深夜に車の中で眠っていると、全裸の少年が外から覗き込んでいたのである。きっと彼にとって忘れられない記憶になったに違いない。

この頃の私がただの女ではなく、一人の魔女としてこの深夜の秘密の儀式を執り行っていたことは言うまでもない。浅野八郎の『オカルト秘法』には、C・A・バーランドの『オカルトの秘密』から転載した、全裸の若い男女が円陣を組んで踊る魔女集会の写真が載っていた。当時の私をこれほど性的興奮に誘う写真はなかった。私はその写真の中のロングヘアーの美女に自分をなぞらえ、女言葉で秘密の日記を付け始めた。その日記の書き出しは「私は女の子」である（後にこの日記は母に読まれてしまう）。

即ち当時の私が最も必要としたのは、空を飛んだり、誰かを呪い殺したりするような魔法ではなく、自分の意識の中に変革を引き起こし、「私は若く美しい魔女だ」と信じ込むことが出来る技術だったと言える。それならば、ダイアン・フォーチュン女史の定義する魔法で十分用が足りたのである（しかしこの解釈が彼女の意図したところとは懸け離れていたのは明らかである。自分を魔女だと信じ込むだけならそれは妄想に過ぎず、単なる妄想に魔法など全く必要ないからである)。

　結局私は、オカルトブームに沸き返る時代の空気を深々と呼吸しながら思春期を過ごした人間の一人として、存分に空想の日々を生きていたに過ぎなかった。それは恐らくこの時代においては、そんなに珍しい在り方ではなかったと思う(若干特殊な例ではあったとしても)。

　妄想は加速して、とうとう私は夢を見始めた。その夢は、自分が一種の天才であるという夢だった。私の頭の中には「天才学園」という組織が出現した。それは全世界から天才の男女が集まって、最高度の精神性を求めて勉強したり修行したりする場であった。どの生徒も美しく、上品で、そしてその精神は例外なく天上の世界へと繋がっている。大自然に囲まれた学園は一種の桃源郷であった。私はこの「天才学園」(何と幼稚な命名だろう)の優秀な生徒の一人であり、数多の女生徒たちが私に恋心を抱いていたが、大変申し訳ないことに、私は純粋に学問と精神修養に打ち込んでいたので彼女たちの熱い思いに気付くことが出来なかった(何を言ってる)。「天才学園」のことを思う時、私の頭の中には決まって当時世界的に大ヒットしていたダニエル・センタクルツ・アンサンブルの「哀しみのソレアード」が流れていた(今聴くと、瞬く間に当時の自分に戻ってしまう。なぜなら私の精神年齢は基本的に余り変わっていないからである)。そうやって自分の部屋でぼんやりと妄想に耽り、時として居眠りし、そしてハッと目覚めてはオナニーをするという毎日を私は送った。そしてこの「天才学園」の秀才も、現実の中学校においては理科のテストで三十点を取ったり、クラスの女子に見向きもされなかったりと、その凡庸さは極まっていた(そもそも天才と言っても何の分野の天才なのか不明であった)。私は盛んにノートに「天才学園」の見取り図やモテモテの物語などを書き散らしていたが、少しずつ虚しくなっていく自分をいかんともし難かった。

もしこの時期の私にとって文学への目覚めのような出来事があったとすれば、それは間違いなく『エクソシスト』との出会いであったろう。勿論最初に映画を観た。ウィリアム・フリードキン監督の映画『エクソシスト』は、本当の恐怖の感情が一種の厳粛さや格調の高さと不可分であることを教えてくれた。それはナチスやスターリンの行ったジェノサイドにも通じる悪魔的な厳粛さであり、その徹底した非情さに私は震えるほどゾクゾクした。迷わずシングル盤のサントラレコードを買い、マイク・オールドフィールドの音楽「チューブラー・ベルズ」を繰り返し聴いた。聴く度に背筋に冷たいものが走り、その反射作用で背筋が伸びた。続けて買ったウィリアム・ピーター・ブラッティの『エクソシスト』〔新潮社〕は私にとって決して読みやすい小説ではなかったが、ストーリーの面白さに引っ張られて夢中になって読み通した。当時の私に文章の上手さなどがちゃんと分かったのかどうか心許ないが、宇野利泰（としやす）氏の次の訳文には大変痺れた覚えがある。

「リーガン、目がさめているの？」
規則正しい寝息。ぐっすり寝込んでいる。〔前掲書、一九七三年、一六頁〕

何と簡潔でカッコいい文章なのかと思った。以来この本は私にとって、悪魔学と精神病理学と文学の導きの書となった。

冬になると盆地に建つ我が家の周りには霧が立ち込めることがあり、それがいかにもオカルティックな雰囲気で俄然想像力が刺激された。建って二年経たない我が家は至る所の柱が軋（きし）んで大きな音が鳴り響き、つのだじろうの漫画からそれは「ラップ現象」という心霊現象らしいと分かって怖くなった。私は超能力や魔女には強く惹かれたが、日本的なジメジメした心霊現象には惹かれず、どちらかと言うと苦手だった。

ある時部屋で仰向けになって仮眠していると、夢なのか現実なのか分からない曖昧な意識状態になった。遠く地平線の彼方からザワザワと音がする。その音は次第に大きくなった。何か途轍もなく多くのモノが近付いてくる予感がした。気が付くと体が全く動かない。目玉しか動かないのである。音はどんどん大きくなる。目玉を剥いて見ると、その正体は無数の蟻だった。群れを成して襲ってくるのだ。私は懸命にもがいたがピクリとも動けない。この時の恐怖は今でも覚えている。恐らくそれは死の恐怖に近いものだったろう。体の力を緩めればあっと言う間に向こう側へ連れ去られてしまうような、本物の怖さがあった。突然蟻が一匹残らず消えて、私の傍らに一人の女が現れた。女はピンク色のネグリジェを纏っていて、私に背を向けて正座している。これが、私が人生でただ一度だけ遭遇した幽霊の姿だった。その時には恐怖の感情は抜けていた気がする。知らない女性だった。やがて指先が動いた。一箇所でも動くと、そこから金縛りは解けるのである。忽ち女の姿は掻き消えた。死の淵から生還したような心持ちがした。ひょっとすると柱の軋みのラップ音は、父と母と私の無意識の力が縒り合わさって作り出したネグリジェ女という思念体の発する、苦悶の叫びだったのかも知れない。

中学時代を通して私が比較的自由な環境の中にいられたのは、体が大きくなったことで母からの体罰を受ける機会が減ったことと、母が父と正面衝突したことが主な要因だったと思う。母は青森のマンションで父の浮気の証拠を掴んだ（と信じた）。そして父に対して徹底攻勢をし掛けた。これによって父は母に完全に屈服し（たように装い）、母は身代わりとしての私を一時的に必要としなくなったのであろう。勿論このような平安は長くは続かず、その後の父に対する母の不満は何度も爆発し、私も悪いことを止められなかったから、父をも捻じ伏せてしまう母の気迫の前に度々敗北の憂き目を見た。

私が母と対等な立場で物が言えるようになったのは、実はごく最近のことである。思えば中学時代においても、抑圧された記憶の中に、相変わらず数々の被虐の経験があったような気がする。それが上手く思い出せないのは、この時期にそれだけ私が現実世界から遊離して生きていたからかも知れない。私は何より「天才学園」の優等生として、そしてオカルトの森に棲む魔女として、どっぷりと向こう側の世界に生きていたのだ。しかしこんなオカルト的妄想力如きではとても太刀打ちできない相手として、母はこの後も数十年間に亘って我が家における絶対君主として君臨し続ける。私は更なる対抗手段を必要としていた。

III

痴

法悦

中二の私はKと共に、暗く孤立した幸福な一年間を過ごした。私は殆ど現実から遊離して、魔法や超能力や天才や魔女や美少女といったガジェットに満ちた妄想世界に暮らしていたと言ってよい。その妄想が家の中だけでなく学校においてもキープ出来たのは、ひとえに変人Kという仲間がいてこそだった。我々は教室の中でも常に二人切りで過ごし、クラスの連中を滅び行く民として哀れみと蔑みの目で眺めていた。しかしこんな選民の真似事も中三になってクラス替えがあり、Kと離れ離れになってしまうと忽ちの内に瓦解した。

私は新しくクラスの中での立ち位置を模索し、徐々に他の生徒と口をきくようになっていかざるを得なかった。それは自分が哀れみ軽蔑していた生徒たちに、こちらから近付いていって改めて彼らの色に染まり直すことを意味した。私は中一まではどちらかと言うと三枚目キャラだったが、しかし一年間孤高の存在を気取っていたのでなかなか元に戻れなかった。幾分戻れる兆しが見えたのは、ある日の体育のサッカーの試合でのことだった。私は幼い頃、大人がやっていた草野球の打球を腹に受けて以来球技が大嫌いで、この頃にはソフトボールの遠投が二十五メートルに届かないという大の球技音痴になっていた。苦手なものをやっている時、人は格好付けたり気取ったりしようとするほどボロを出すものだ。飛んできたサッカーボールを皆で取り合いしていた時、ジャンプした瞬間に私は特大の屁を放って皆の大爆笑を買ってしまった。耳まで赤くなったが、それは一つの解放でもあった。その日以来私は「カッコ付けた屁こき虫」としてクラスに認知され、三枚目キャラへの戻り道を徐々に辿れるようになった。しかしそれはあくまで表向きの顔で、学校から帰るとオカルトの森に囲まれた自室の中で妖しげな魔女に戻り、存分に淫靡な妄想に耽っていたことは言うまでもない。この時以来未だに私は多重人格性を保持しているが、人に言えないダークサイドを持っている人間など掃いて捨てるほどいるだろう。

そんな時私は、オカルト趣味を決定付ける、質量共に充実した『オカルト』[新潮社]という書物に出会った。二段組み三百頁のハードカバー本が上下巻、各千三百円の大著で、当時としては大きな買い物だったが買うことに一切躊躇(ためら)いはなかった。本屋で一目見た時に、この本は自分の人生にとって極めて重要なものになるという確信に鷲掴みにされたからである。

ところで私の場合、本屋でのこのような直感（この本は自分にとって重要な本だ）が外れたことはまずない。なぜなら私にとって本というものは内容もさることながら、パラパラと頁を繰った時に目に入る漢字と平仮名とカタカナの比率や好きな単語の有無、装幀、紙質、段組み、インクの匂い、手触り、重さといった要素が極めて重要で、本屋ではその全てを直接確かめることが出来るために大きく外しようがないのである。私にとって本とはどこまでいっても一定の容積を持ったブツでなければならず、書かれている内容にも増してブツとして気に入るかどうかが最優先なのだ。どうしても、本はこの世に「実在」していて欲しい。今ここにそれが「在る」ということが、これほど嬉しいブツが他にあるだろうか。それは我々の儚い精神活動をしっかりと刻み込み、封じ込めた宝の箱なのである。それに対してテロや破損や濡れることによって瞬時に無化する電子書籍の儚さと言ったらない。もしこの世に電子書籍しか存在しなくなったら私は世界に絶望し、そんな世界に背を向けて一人で手作り本の制作に励むことだろう。

『オカルト』については、かなり詳しい内容ではあれ所詮オカルト全般についての網羅的な概説書であろうと思っていた私の見立ては、完全に外れた（私には毒にも薬にもならない大部の概説書に対する偏愛のようなものがあり、分厚ければ電話帳のような味気ない内容であっても愛し得るのだが）。コリン・ウィルソンの他の著作と同様、この本は明快な一本の思想的柱によって貫かれていたのである。その思想とは、当時流行していた「実存主義」の持つ悲観性を、一種の行動変容と精神主義によって乗り越えようとする「新実存主義」と称する代物だった。難しいことは分からなかったが、コリン・ウィルソンの言わんとしていることは充分に伝わってきた。人間は日常性の中において、近視眼的で狭隘（きょうあい）な意識の中に閉じ込められている。しかしもし意図的に大きな努力を払うならば、意識はぐんと拡大して人間はもっと遥かに偉大な存在になり得るという、それは極めて単純で楽観主義的な哲学なのだった。

ウィリアム・ジェイムズの評論『人間のエネルギー』の中の「第二の風」という現象に言及

した次の記述を『オカルト』に見出した私はすっかり魅せられて、何度も読み返している内に全文を暗記してしまったほどだった。

なぜ或る日、「一種の雲が重くのしかかっているかのように」退屈でぐったりすることがあるのか、そして、なぜ意識的に自分を駆り立てて辛い努力をすることによってこの「雲」がしばしば散らされることがあるのかを彼は語っているのである。くたくたに疲れた走者が第二の風（もしくは息）を得ることがあり、結局その走者は疲れてはいなかったのだということが証明される。ジェイムズはまた、人生が克服することのできない一連の障碍となっている神経衰弱者について語り、精神医学が彼らに努力することを強いることによって、彼らをその状態からぐいと引きずり出すさまを語っている。努力をすることは、初めのうちは非常に苦しいが、やがて全くだしぬけに、安堵感があとに続くのである。［コリン・ウィルソン『オカルト』下巻、新潮社、一九七三年、一二八頁］

コリン・ウィルソンは究極的な意識の拡大を「絶頂体験（価値体験 peak experience）」と

呼び、それは仏教の悟りやキリスト教やイスラム教の神秘体験、ヨーガのサマーディに通じる法悦の体験であるとした。

私にとってこの本が革新的だったのは、これまでのオカルト本と違って怪しげな方法論ではなく、どんな種類の努力であってもあらゆる努力が人間の意識を拡大させる、と主張している点だった。それならばつまり学校の勉強も、母の体罰に耐えることも、アップダウンのきつい片道徒歩三十分の通学も、全てのしんどい努力が意識の拡大に資するということではないのか。私は自分にオカルト的才能や霊感が一滴もないと分かっていたので、意識の拡大という神秘的な領域に「努力」という卑近な方法によって参入出来るというこの思想に驚喜した。コリン・ウィルソンは、鉛筆の先に意識を集中させたり弛緩させたりを繰り返す（これを「ペン・トリック」と称す）だけでも意識は拡大すると主張しているのだった。私は否応なく、母の体罰に耐え抜いた果てに許され、精神的不安定状態を経た後に訪れるあの、安堵と調和に満ちた幸福感を思い出さざるを得なかった。あれは確かに一種の意識拡大の状態であったし、ひょっとするとプチ絶頂体験だったのかも知れないと思った。私がコリン・ウィルソンの思想に敏感に反応したことの背景に、母によって齎されたこの被虐体験があったことはまず間違いない。ウィルソンは「医者が患者に途方もない努力を強いると、その結果は、初めのうちは激しい苦悩であるが、殆どそのすぐあとに安堵感がやってくる」というウィリアム・ジェイムズの「いじめ療法」を紹介している〔上巻、一九七三年、六七頁〕。母の体罰は私にとって、結果的にまさにこの「いじめ療法」(!)となっていたに違いない。

それと同時に私はこの本から、オカルトには関係ないと思っていた文学、哲学、芸術という分野が、深いところでオカルトと密接な繋がりを持っているらしいことを知った。オカルトの裾野は驚くほど広大で、必ずしもアカデミズムと断絶しているわけではなく、広く芸術全般と結び付いていると知り得たことで、世界が大きく広がった気がした。国語便覧や世界史や倫理、美術、音楽、物理、化学などの教科書に載っている偉人たちが、急に身近な存在として感じられるようになったことは、まさにこの本の守備範囲の広さに負うところが大きい(『オカルト』は芥川龍之介の短編「竜」にまで言及している。ちなみに私は、この小説は芥川龍之介の作品の中でも五指に入る傑作だと思う)。

また、私は「意識の拡大」という一本の剣で、あらゆる思想や文学を一刀両断するコリン・ウィルソンの大胆なやり方に強い憧れを覚えた。そういう武器を何か一つでも持てば、あとはそれを使って対象を料理していくだけで大部の著作をものすことが出来るという確信を得たことは私を小躍りさせた。なぜならいつの頃からか私は、物凄く分厚い自分の著書を持ちたいという欲望を抱くようになっていたからである（それは『吉村式超能力開発法大全』、『吉村式オカルト秘法大全集』のようなものになる筈だった）。

私は一刻も早くこれを実践に移したくてウズウズした。

そんな折、世界史の授業で格好の自由研究レポートの課題が出された。枚数に制限はないという。まさに渡りに船と書き上げた私のレポートは、森島恒雄（もりしまつねお）の『魔女狩り』［岩波新書］と『オカルト』に沿って、犠牲者二百万人とも言われる魔女狩りの原因は、当時の人々の退屈した意識がその捌け口として魔女という一大狂乱を求めた結果であるという内容で、コリン・ウィルソンに倣って引用を多用しながら原稿用紙五十枚分を書き上げた。引用が多過ぎるということで教師の評価は大したことはなかったが、私は沢山書けたので一定満足し、この調子でいけば著書数百冊のコリン・ウィルソンどころかトート・ヘルメス・トリスメギストスの数万冊の著作も夢ではないと思ったものだった（ちなみに作家デビュー二十年になる私の著書は、現在までのところ十五冊である）。

コリン・ウィルソンは十六歳で高校を出た後は様々な職を経ながら独学を重ね、昼は大英博物館で執筆、夜は皿洗いと野宿という生活をしながら処女作『アウトサイダー』を書き上げ、それが世界的ベストセラーとなり、若干二十五歳にして一躍名声を得たという経歴の持ち主である。思春期真っ只中の人間にとって、これほど理想的な英雄像もちょっとないのではあるまいか。私は当然のように彼のファンになり、この流れで『アウトサイダー』を読んだ。そしてこれが、私が本格的に文学、哲学に興味を持つきっかけとなったのである。そこでは数多の小説家、詩人、画家、音楽家、舞踏家、思想家、哲学者、神秘家が、いかに「生きる」という問題と激しく格闘してきたかについて熱く語られていた。ドストエフスキー、トルストイ、カミュ、ヘミングウェイ、カフカ、バーナード・ショー、ヘルマン・ヘッセ、T・E・ロレンス、D・H・ロレンス、T・S・エリオット、ウィリアム・ブレイク、スウェデンボルグ、ゴッホ、ニジンスキー、サルトル、プラトン、ショーペンハウアー、ワーグナー、ブルックナー、ジョージ・フォックス、ラーマクリシュナ……。

本屋には、これらの「アウトサイダー」の小説や思想書、関連本が少なくなかった。特に新潮文庫の小説本は充実していて、価格的にも手の届く範囲内にあった。私は小遣い銭をこれらの本の購入に充て、片端から読んでいった。私は最初、これらの作品の中にコリン・ウィルソンの「新実存主義」の思想を確認するという、恰もガイドブックに沿って観光名所を確認するツアー旅行のような読み方をしていたが、やがて夫々の作品の持つ独自の魅力に魅了されていった。例えばドストエフスキーの『罪と罰』を読んで、そこに込められた思想性を云々するより前に、その物語の面白さに手に汗握らないような読者が一人でもいるだろうか。コリン・ウィルソンは実存主義は悲観的であると断じていたが、サルトルやカミュの文学作品には、悲観主義と楽観主義といった二分法ではとても割り切れない作品そのものの持つオリジナルな魅力に満ちていた。文学作品は決して一つの哲学や思想に還元されないからこそ、文学作品という形を取っているのではなかろうか。私は、コリン・ウィルソンが振るう「新実存主義」という大鉈(おおなた)は余りにも鈍重過ぎて、作品を捌(さば)いて美しい刺身に調理するどころか、作品そのものを叩き潰して安物の擂(す)り身や練り物にしてしまうような雑なところがあるのではないかと思い始めた。そして私の興味は徐々にコリン・ウィルソンを離れ、夫々の作品の個性的な世界を味わう方向へと移っていった。悲観的で厭世的な作品であっても、小説として面白いものは幾らでもあった。一言で言うと文学の世界は一つの物差しではとても計れないほど豊かで、ゾッとするほど暗く、頭がおかしくなるほど明るく、そして泣きたくなるほど繊細で、アナーキーでシュールでぶっ飛んでいることを知ったのだった。

これは大発見だった。

勢い私は、国語の授業に身を入れるようになった。高一のクラス担任は、芥川賞を目指しているという国語教師のT先生だった。入学当初、T先生は私を見て「君か」と言った。それは入試の国語の成績で私がクラスでトップだったかららしかったが、その後の私の国語の成績はパッとせず申し訳なかった。と言うのも、私はT先生のやや浮き世離れしたところと文学的教養の高さとその笑顔、そして何より味のある文字が大好きだったから、その期待に応えたかったのである。T先生は学校の研究紀要に詩を載せたりする実作者でもあったが（残念ながら散文脳しか持ち合わせない私は、今もって詩というものがよく分からない)、T先生は直接生徒に文章指導するようなことはしなかった。彼は決して生徒の心の中に踏み込んでくるタイプではなく、ただ自分の道を往くタイプであった(当時の高校教師は元新聞記者というお爺さんや、タンポポの研究で有名な生物教師といった我が道を往く教師が少なくなかった。そして、専門性に乏しく、ひたすら生徒の成長だけを生き甲斐にしている熱血教師ほど私にとってしんどい存在はなかった)。私は、T先生が職員室で質素な弁当をバクバク食べている後ろ姿とか、クラスの終わりの会に教室に来ず、向かいの棟の図書室の窓から手を振ってそれで終わりの会を終わりにするというういい加減さにとても魅力を感じた。

T先生の授業で記憶に残っているのは、井伏鱒二の『黒い雨』の成立過程に触れた時のもので、彼はこの小説の一部分を隅々までバラバラに分解し、黒板に詳しく図解した上でこう言った。

「このように組み立てていけば、誰でもこの程度の小説なら書けてしまうものです」

私はここに、書き手としてのT先生の矜持(きょうじ)を見た。一種神聖視されていた印象の『黒い雨』を解体してその凡庸さを暴いて見せた手腕に、私は痛快さと同時に創作への可能性を感じた。

私が、将来は高校教師となってT先生のように気楽に働きながら小説を書いて生きていこうと心に決めたのは、この時だったかも知れない（これは後に高校の倫理社会の教師になるという形で実現したが、教師の仕事は思っていたほど楽ではなかった）。このように私にとっては憧れのT先生であったが、生徒や保護者からの評判は必ずしも芳しいものではなかった。クラスの不良生徒からはそのいい加減さを度々責められていたし（彼らは教師からの干渉をうるさがりつつも、大いにそれを求めるアンビバレントなところがあった）、私の母も手書きの成績表を見て「何なこのふざけた字は！」と怒っていた（それは私の成績が悪かったことのとばっちりを受けたものだったが、確かにT先生の文字は習い始めの小学生が書くような人を小馬鹿にしたような字面だったのだ）。しかし私は出席簿の教師の指名記入欄に記されたT先生の、クルクルと渦を巻いたマンガのようなサインが大好きだった。

　文字というのは現実世界と自分の精神との間の一種の緩衝材のようなものではなかろうかと思う。私は所謂（いわゆる）達筆な文字というものが余り好きではない。それは写真と見まがうスーパーリアリズムの絵画のようなもので、現実がダイレクトに迫ってきて少しも遊びが感じられず、見るだに息苦しい。文字や絵には、やはり現実をグイと捻じ曲げたり笑い飛ばすぐらいの余裕あるパワーのようなものが欲しいと思うのである（高校教師になってから私は萬壱の「萬」の字を崩したT先生っぽいサインを出席簿に記していたことで教頭に呼び出されて大目玉を食らったことがあるが、それは飛び切り愉快な思い出である）。いかにも隙のなさそうな大学教授然とした知的な人物や絶世の美女が、芳名帳や契約書などに突如小学生のような幼稚な文字を書き出した瞬間、我々は世界全体が崩れ去るほど衝撃と解放感を覚えるのではなかろうか。

　また、T先生が雨の日も風の日も晴れの日も蝙蝠（こうもり）傘と長靴という出で立ちで通勤していたという昔話を我々に披露してくれた時、私はこの人はやはり変人だと思ったものだが、その理由を聞いて益々尊敬の念を深めた。彼はこう言ったのだ。

「文学を志す人間は、人と同じであってはいけません」

　この言葉ほど、ダークサイドを抱えた私を密かに安堵させた言葉はない。これを聞いた私が、文学を志さないという選択をすることはあり得なかった。

　ちなみに都立高校時代の同僚教員に年輩の国語教師がいて、彼もまたローラースケートを履いて通勤していて警察官の職質を受けるという変わった人物だったが、彼の書く文字がT先生の文字に酷似していたことに私は大いに感動した。彼らの文字の特徴として、以下の四点が挙げられる。

①　小学生の手習いの文字のように、省略がない。

②　画数が多くなると文字も大きくなる。

③　②に拘わらず、文字の大きさは気紛れに変化する。

④　ハネをクルリと丸めたりと、所々ふざける。

大江健三郎の書く文字が概ねこれに近いような気がする。勿論私もこのような文字を書くことを目指したことは言うまでもないが、手の癖もあって文字を矯正するのは難しく、完全に自分のものにするにはその後十年ぐらいの歳月を要した。

私がコリン・ウィルソンが好きだと知ったT先生は、ある日音楽雑誌「音楽の友」（だったと記憶している）にインタビュー記事が載っていると教えてくれた。図書室に見に行くと、そこにあの有名な、一九六〇年代の若きコリン・ウィルソンがソファにだらしなく腰掛けてタイプライターに向かって執筆している写真が載っていて、私はその瞬間発作的にその数頁を破って家に持ち帰ってしまった。コリン・ウィルソンの顔はT先生に似ていて、将来に亘って私の執筆スタイルの指標となるに違いないその写真を手に入れたいという欲望に、私はとても打ち勝つことが出来なかったのだ。

仲間

高校では文学に興味を持つ友達も出来た。

N1はジョン・レノンに心酔するジョン・レノン似の生徒で、頭が良く、繊細で、精神的に自立していてカリスマがあった。彼は驚くほどの書き魔で、ノートに日記や評論や小説を書き散らしていた。これは私にとって大変刺激的だった。N1と同じ中学から来たN2は、ハード・ロックと小林秀雄に心酔する一見無骨な印象の、しかしこちらも繊細な詩人であった。彼らは生きることの意味や文学について真剣に悩んでいるらしかったが、私には今一つ彼らの悩みがピンとこなかった。「悩む」というのも一つの才能であり、私にはどうやらそれが大きく欠けていたものらしい。しかし私は彼らの仲間に入りたくて、自分の唯一の文学的財産であるコリン・ウィルソンを紹介した。するとその効果は絶大で、彼らは私を文学仲間として認め、我々は以後一緒に活動していくことになった。

結局彼らの悩みは、全ては等価値であって、人生に生きる意味はないのではないかというニヒリズムの問題だった。これに対するコリン・ウィルソンの解答は極めて明快（意識を拡大せよ！）だったから、彼らはこれに飛び付いたのである。しかし全ては無価値であるとするニヒリズム（虚無主義）は一つの思想的立場であって、コリン・ウィルソンがやたら鼓舞するような気分や意識の問題は寧ろ付随的なものだった（彼の思想が真の意味で「真実存主義」たり得なかったのも、この辺りに理由があったと思う）。従って後に彼らもまたコリン・ウィルソンから離れていくことになるが、それなりに影響を受けつつ、N1は仏教と文学、N2はクラシック音楽と文学へと夫々の道を進んで行くことになる。そんな彼らに比べて、私は彼らと上手く問題意識を共有し得ないまま、しかし自分の中のダークサイドはしっかりと隠し持ちつつ、表面上は平々凡々な高校時代を送ったと言える。

我々の関心は当然のように、現代社会のニヒリズムの問題を敢然と担った孤高の哲学者フリードリッヒ・ニーチェへと向かっていった。「哲学研究サークル」と称して放課後にニーチェの『ツァラトゥストラ』を皆で講読することにして、その手引きを倫理社会担当のF先生にお願いした。F先生の読み解きは細かく丁寧で、私は初めて時間を掛けた哲学書の精読を経験した。基礎的な哲学の素養がない上に、私の持っていた竹山道雄の訳文は美文調で難しく、この不思議な書物は私には難解だったが、分からないなりにとても惹かれるものがあった。ニーチェは何か只ならぬ印象を与える思想家だったが、読めない漢字も多くなかなか満足な理解には至らない。しかし毎週のように『ツァラトゥストラ』に触れることで、理解出来る出来ないに拘わらず否応なく感化されているという実感はあった。ニーチェのテキストに触れていると、事あるごとに、この世界が自分が理解している以上のものであり、あるいは世界は自分の理解しているものとは全く別の何かであるという思いに目が啓かれる思いがした。それだけでも退屈な日常に風穴を開けるには充分で、それは私にとって、向こう側の世界を志向するオカルティズムに通ずる魅力と感じられた。

そして時に、私は自分がニーチェによって全面的に肯定されているような気になった。

人が集まるところを市場に喩えて、ツァラトゥストラはこう言う。

> すべての偉大なことは、市場（いちば）と名声から離れたところで起こる。昔から、新しい諸価値の創案者たちは、市場と名声から離れたところに住んだのだ。
>
> のがれよ、わが友よ、きみの孤独のなかへ。わたしは、きみが毒バエどもによってさんざんに刺されているのを見るのだ。かしこへのがれよ、荒々しい強い風の吹くところへ！
>
> ［『ニーチェ全集9　ツァラトゥストラ』上、ちくま学芸文庫、一九九三年、九五頁］

私は周囲を見回し、教室は市場でありクラスの生徒は毒蠅だと思った。そう思うだけで救われたような心持ちがした。なぜならこのような見方は、中二の時にKと共有していた世界観そのものだったからである。ニーチェの選民的な超人思想は、私の中のオカルト志向と共鳴して高らかに鳴り響いた。思春期段階の精神にとって、ニーチェは容易に自我肥大を齎す取り扱い注意の思想だが、自我肥大の全くない思春期など面白くも何ともなかろう。

哲学とは世界の根源的な問い直しであるから、それは我々の世界認識を一変させ得る。それは即ちダイアン・フォーチュンによる魔法の定義「思うままに意識の中に変革をひきおこす技術」と同じではないかと私には思われた。それは実は独りよがりの解釈であったが（そもそも哲学は「思うままに」行い得る技術ではなく、論理的思考によって進められる学問なのであった）、しかし世界観、哲学いかんで世界そのものが変わる可能性に私は大いに勇気付けられた。特にニーチェの文章は「当たり前」を破壊する類のものが少なくなく、読む毎に刺激的だった。

我々は「哲学研究サークル」の他にも文芸部や新聞部も作り、校内弁論大会も主催した。この弁論大会で私は、西尾幹二（かんじ）の『ニーチェとの対話』〔講談社現代新書〕を参考に『ツァラトゥストラ』の中の友情論について演説し「声が大きかったで賞」という少しも有り難くない賞を貰った。

私には友情についてのニーチェの考えは性に合った。互いにありのままの姿を晒し合い、心の底から分かり合うのが真の友情であるという理想論をニーチェは認めない。そもそも誰の前でも変わらない赤裸々な自分など、一体どこに存在するだろう？

きみは、自分の友人の前では、なんの衣服も身につけないでいたいと思うのか？　あるがままのきみを彼に示すことが、きみの友人の名誉になるというわけか？　だが、そんなことをすれば、彼はきみを悪魔にくれてやりたいと思うことだろう！〔前掲『ニーチェ全集9　ツァラトゥストラ』上、一〇二頁〕

ニーチェは、友人との間には寧ろ距離を保てと言っているようだった。

私には妙な羞恥心があり、ありのままの自分を人に晒すことに強い抵抗があったし、他人の赤裸々な姿も見たいとは思わなかった。高校のトイレでN1と並んで小便をしていた時、彼が私の性器を覗き込んできたので咄嗟に隠すとN1は「お前はまだまだやな」と言ったが、自分のありのままの姿を晒け出すことこそ精神の自由であり、何ものにも囚われない心の在り方だとする彼のスタイルに私は全く馴染めなかった（実際、チラッと見えた彼のペニスは仮性包茎で黒く縮こまった私のに比べてゆったりと白く、何だかデロリとしていて私は思わず目を背けた）。

「『羞恥心』は『ツァラトゥストラ』の中ではかなり重要な意味を持つ言葉であり、私も好きな言葉の一つである」〔前掲『ニーチェとの対話』、一九八〇年、二七頁〕と西尾幹二は書いている。

ある時、私とN2はN1から彼の日記帳を手渡された。読めというのだ。さすがに興味が湧いて私は隈なく読んだが、結果的には後悔した。その中にはN2に対するマイナスの記述もあった。それは確かにN1の本音ではあるのだろうが、そんなものを知らされて誰が喜ぶだろう。N2はきっと傷付いただろうし、私も不愉快だった。人のありのままの内面などに用はない、と私は思った。恥部は極力隠すべきなのだ。

自分を隠しだてしない者は、ひとを憤慨させる。［前掲『ニーチェ全集9 ツァラトゥストラ』上、一〇二頁］

そして羞恥心が強いからこそ、私にとって全裸徘徊は致命的な破壊力を持っていたのであり、羞恥心こそがこの変態行為を恍惚の儀式たらしめる源泉なのであった。

N1は小説を書いていた。高校の研究紀要にも彼の小説は採用され、教師の論文と並んで掲載された。それは今読んでもなかなか良い出来で、当時の私にはとても眩しく映った。小説の内容は、この世の不完全さに耐えられず「究極のもの」を求める余り死を希求する青年の話だった。主人公は自分の中の「狂気」に従って家出をするが、人の優しさに触れて家に戻り、母の愛によって生きる力を回復するのである。この小説の持つ言葉の力強さは、この作品がＮ１の体験に根ざした物語であることを証していた。私は、自分にはとてもこのようなものは書けないと思った。そもそもこの小説の主人公の「究極のもの」を求めるその純粋な理想主義が、私には実感として理解出来なかった。確かにこの世は不純で不完全であるが、それを嫌って死のうとまで考えるとはどういうことなのか。少なくともそういう心理状態になるには、一瞬だけでもどこかで「絶対」に触れた記憶がなければならないだろう。私には、そんな記憶は全くなかった。それは恐らく、井筒俊彦が『ロシア的人間』の中でレールモントフについて記した、次のようなものであったに違いない。

> 彼はこの世のものならぬ素晴らしい美の映像をはじめから魂の奥底にはっきりと印されてこの世に生まれてきた。だがその永遠の美の映像の実体が何であったか、またそれをいつ

どこで見たのか、自分でもどうしてもわからないのだ。地上には絶えてないものと知りながら、この永遠の美の実体を、彼は地上に見出そうとする。せめてその仄かな面影だけでもと、気狂いのように焦慮しつつ、地上に見出されるかぎりのあらゆる美しいものに彼は手を触れる。けれど、悲しいことに地上世界のどんな美も調和も、あの清浄無染な天上の幻にくらべては、あまりにも空虚で、あまりにも汚なすぎるのだ。〔『井筒俊彦全集第三巻　ロシア的人間』慶應義塾大学出版会、二〇一四年、三八〇頁〕

N1の魂には、何かこのような美しいものが予め備わっていたのだと思う。それは一種の才能であったろう。彼はその後、自分の魂に印された「究極のもの」を求めて、長い魂の旅へと向かうことになる。そして今でもその旅の途上にあるのだろう。

しかし私は、そんなものとは無縁だった。寧ろ私は、N1の小説に見えるある種の過剰な潔癖さに、抵抗すら覚えた。それはどこか、機能性や利便性よりも完璧な清潔さを最優先する私の母を思い出させたからかも知れない。

母は潔癖症で、私の家は常に塵一つない状態に保たれ、余分な物がなくとても殺風景で、恰も病院か刑務所のようだった。

「白河の清きに魚も住みかねてもとの濁りの田沼恋しき」

そんなことから私は、汚れなき純粋さを求めるより寧ろ汚さを求める気持ちの方が強い子供に育ったのだと思う。別の友人宅に遊びに行った時、その家の中がとても散らかって混沌としていたのを見て、私はその家の汚さに強い憧れを覚えた。無秩序、混沌、カオスといったその家の状態は、私の家と違って何かが生まれ出てくる可能性と熱量とが横溢（おういつ）しているように感じられ、将来は是非ともこんな家に住んでみたいと思った。そして更に、不潔、腐敗、病気、死といったマイナスでダークな方向にも、私は否応なく惹き付けられた。このような方向性でなら、自分にも小説のようなものが書けるかも知れないと思い、ゼネコンの社宅の裏のあのジメジメした暗い景色が私の手で表現されることを待っているような気がした。しかし実際に私が小説らしいものが書けるようになるのはやっと三十歳を過ぎてからで、それまでは延々と小説の真似事を試みては途中で挫折することを、果てしなく繰り返すばかりだった。

中学時代から、バレンタインデーには決まって暗くなるまで物陰に隠れて待っていたが、誰一人私の下足箱にチョコを入れてくれる女子生徒はいなかった（そもそも臭い下足箱にチョコを入れる習慣そのものがおかしいのではないかと思う）。高校になっても、私は全くモテない男子生徒だった。放課後にたまたま数名の女子生徒と一緒に教室に残っていた時、その中の一人が「もうこうなったら、吉村君でもいいかな～」と言っているのを聞いてギョッとした。その女子生徒は女親分みたいな感じで、とても貫禄があった。私は怖くなり、引き攣り笑いを残してその場から退散するという、今思うととても失礼なことをした。彼女との未知の世界に、思い切って飛び込んでみても良かったのだ。恐らく少しはエッチなことも出来ただろう。しかし私は晩熟だった。

それでも一度だけ、一人の女子生徒に交際を申し込んだことがある。A子はツンと澄ました感じの、色白で雀斑のある、決して美人ではないがどこかエキゾチックな雰囲気の漂う知的な生徒だった。私が彼女に恋をしていたのかというとそれは怪しいが、付き合いたいという気持ちは強く持った。その気持ちを直接伝えたところ、彼女はやや躊躇った後でOKしてくれた。それから一週間、我々は自転車を押しながら一緒に帰った。しかし、その先をどう展開させていくべきなのか私には全く分からず、その頃クラスのカップルの間で流行っていた「交換日記」なるものをしてみないかと提案して即断られ、それをきっかけに我々の関係は忽ち空中分解してしまった。従って高校時代に私に彼女がいた期間は、きっちり一週間だけということになる。

女体に触れたい、女の子とセックスがしたいという欲望は絶えず私の中にあったが、クラスの女子たちの自我の強さ、はっきりとした自己主張、我が儘、エゴイズム、意地悪さなどを目にするにつれ、自分如きにはとても太刀打ち出来そうにないという諦めの気持ちが強くなった。極力大人しい感じの女子生徒に近付いていっても、いざ言葉を交わしてみると意外にしっかりとした意思を持っていたりしてたじたじだった。そして益々、魔女妄想とマスターベーションの世界へと没入していったのである。

高校時代はあっと言う間に過ぎ去り、早くも大学受験の季節が迫ってきた。

私は学校の進路指導部に行き、私の成績でも入れそうな文学部哲学科のある大学を探した。するとI大学がヒットした。私は随分遠いその大学を受験することに決めたが、受験勉強らしい受験勉強は殆どしなかった。センター試験の前身である共通一次試験を受験すると、点数は七割に届かなかった。二次試験を受けにはるばるI大学にまで出かけたが、手応えは全くなかった。合格発表の日、私はわざわざ自分の受験番号がないことを確認するために、再び一日掛かりでI大学まで行って帰ってきた。これは人生における最初の挫折であり、高校卒業と同時にどこの組織にも属さないデラシネ（根無し草）となることが決定して、さすがに落ち込んだ。

I大学の不合格発表を見て失意の内に帰宅した時、労わりの言葉の一つも期待していた私の顔を一目見るなり母は怒り気味にこう言った。

「何してんの！　すぐに受験勉強せんかね！」

この瞬間、私はたとえ正論ではあっても、この世には時と場合によって決して口にしてはならない言葉が存在することを知った。呪われたその言葉を浴びせられた人間は、どんな体罰にも増して生きる力を根こそぎ奪われるであろう。私は二階の自室に逃げ込み、来年に向けて受験勉強している振りをしてノートに母に対する呪詛の言葉を殴り書きした。母は私の味方ではなく、私を排除した大学（社会）の側に立って、ありのままの私を否定したのだった。友達にはありのままの私を受け入れて貰う必要はなくても、母親だけはその必要があるのではあるまいか。

私はその後C大学の二次募集（教育学部）を受けた。二次募集は一次募集より競争率が高い上に、C大学はI大学よりずっと偏差値が高かったので当然結果は不合格だった。すると母はこう言った。

「あんたはI大学は受けてない！　C大学だけ受けたことにしとかなあかんで！」

その方が少しでも世間体が良いということらしかったが、一体その見栄は何なのかと私は思った。彼女にとっての世間とは何か？　母は息子を傷付けながら何と戦っているのか？　私にはこの先の一年間が真っ暗闇に見えた。

そして私は高校を卒業した。N1は仏教系の大学に合格し、N2はN大学の芸術学部を受けて落ちて私同様浪人生活に入った。

卒業して暫くして、私は普段から色気を感じていたある女子生徒の家に電話した（当時は名簿に住所も電話番号も全て記載されていた）。電話口に出た彼女は私からの電話を喜んでいる風だったので、私は俄然勇気を得て自分のストレートな気持ちを伝えた。

「俺とセックスせえへんか？」

「は？」

「セックス」

「ふざけてんの？」

「ふざけてない」

「信じられへんわ」

彼女は当然一方的に電話を切った。私はこれによって、社会的にも変態としての一歩踏み出してしまったのだった。

その後私は京都のK予備校というオンボロ予備校に通うことになったが、そこで同じ高校に通っていた、ラグビー部のFと一緒になった。予備校の授業はどう考えても三流だったので、我々は有名な老舗喫茶店に籠もって自学自習を決め込んだ。コーヒーを飲みながら煙草を吸い、たまに勉強の合間にジンフィズやバイオレットフィズを飲んでぶっ倒れ、長椅子に横になって寝たりした。気分の乗らない時は岡崎動物園に行き、予備校では模擬試験だけ受けに行った。京都千本中立売にあったストリップ劇場「千中ミュージック」に、「いとしのエリー」に合わせて踊る踊り子目当てに通い詰めたり、滋賀県の雄琴（おごと）温泉のソープランド（当時は「トルコ風呂」と呼ばれた）で童貞を捨てたりしたのもこの大学浪人時代であった。

私は『試験に出る英単語』と『試験に出る英熟語』を丸暗記したが、蓋を開けてみると共通一次試験の英語の点数は二点しか上がっていなかった。私はとにかく英語が苦手で（それは今でもそうである）、そのため滑り止めに受けた私立は全滅した。ある私立大学などは、どうせ受けても受からないことは百パーセント確実だったので、受験会場に行った振りをして映画館で洋画を観て帰ってきた（クリント・イーストウッド主演『アルカトラズからの脱出』）。それでも私とFは、同じ教員養成系大学のK教育大学の社会科学科と体育科に夫々合格した。私が合格したのは、ひとえにこの大学の二次試験に英語がなかったからである。そういうわけで私は、T先生のような高校教師になるべく大学生活をスタートさせたのである。

しかし私が入ったのは小学校課程だった。

Ⅳ

秘

大学

大学に入ってすぐ、我々新入生は学長に宣告された。

「今の君達の学力をもってすれば教員採用試験に合格出来るが、四年後にはすっかり堕落して不合格になるから、心して勉学に励みなさい」

結果としてこれは現実のものとなり、私は二度教員採用試験に失敗し、卒業後二年間就職浪人することになる。しかし当時の私は、学長が何を言っているのかよく分からなかった。そもそも私は、この大学に入りさえすれば無条件に教員になれると、かなり後々までそう思い込んでいたのである。

　新入生歓迎会は大学の近所の神社を借り切って夜を徹して行われ、私は生まれて初めて升一杯の日本酒を一気飲みしてぶっ倒れ、罰当たりにも朝までに九回吐いて神社を穢した。この経験は苦しかったが、しかし大学というところには何かとんでもない悪魔が棲む妖しげな魔窟ではないかという期待を抱かせた。

　ところが大学生活が始まってみると、講義は全般的に常識的で意外性がなく、子供の無垢と教育の力を無条件に信じているらしい性善説的立ち位置にもうんざりして、何もかも退屈極まりなく思えてきた。学生もいかにも将来立派な教師になりそうな真面目な連中が多く、一言で言うと教員養成系大学には、善のみが許されて邪悪なものは全て排除される「聖域」という空気が漲（みなぎ）っていたのであった。それは埃一つ落ちていない我が家と同じく、過剰な清潔さが支配する空間に思えて息苦しくて堪らず、私はすっかり失望してゴールデンウィーク前には殆ど講義に出なくなった。

　家から大学までは電車や原付バイクで通っていたが、苦労して大学に行く理由も、わざわざ毎日律儀に家に帰ってくる理由も特に見出せないまま一年が過ぎた。

二回生になった私は、とにかく家から出るために学生寮に入ることに決めた。権威に弱い母は、大学寮での生活なら間違いなかろうと簡単に許可したからである。入寮式では新入生と並んで各部屋を回って大声で挨拶しなければならず、忽ち喉を潰した。古い大学寮に残るこういう個人を痛め付ける伝統的儀式をイニシエーションとして受け入れるには、私の入寮動機は余りに軽過ぎて入寮一日目にしてすっかり寮に嫌気が差した。しかも蓋を開けてみると、寮の部屋は新入生との相部屋だった。この後輩は四六時中大瀧詠一（おおたきえいいち）の『ロング・バケイション』のレコードを掛けていて、このアルバム自体は悪くなかったが、一人でいることが出来ないというドストエフスキーの『死の家の記録』的な苦痛が私を押し潰すまでに長い時間は掛からなかった。どこか水草のような性格のこの後輩自身も私は嫌いではなかったが、彼を訪ねて我々の部屋に引っ切りなしに友達や先輩が出入りするのはとても鬱陶しかった。私は机に物を積み上げて要塞のように自分の周りを取り囲み、本やノートの中に逃避を試みた。意味のある言葉の騒音を頭から排除しながらの力ずくの読書ほど強い精神力を必要とするものはなく、その意味で私はこの期間に集中力を鍛えられたかも知れない。旧寮生達は、新参者であるのに既に二回生という私の存在を扱いかね、遠巻きにして近付かないようにする彼らの遠慮がちな態度が私には却って苦痛だった。

安い食事（朝・夕）と風呂だけは利用しつつ、私は寮の外に居場所を探した。

見付けたのは大学に程近い、数年後には取り壊しが決まっていてその分家賃が安いアパートの一階の部屋だった。便所は共同で、小さな流しが付いているだけの狭い部屋だったが、他人の視線がないことの喜びはとても大きかった。私はこの空間に少しずつ寮から私物を運び入れた。人は誰でも自分勝手なセルフイメージを抱いて生きているものだが、そのイメージに他人からの承認を必要とする者と全く必要としない者とがいて、私は後者だったからこの一人の空間で妄想の翼を極大まで羽ばたかせることが出来た。

子猫を拾ってきて飼い、どうせ取り壊すのだからと勝手に鋸（のこぎり）でドアを切って猫用の出入り口を作ったりしたが、余り可愛がらなかったので暫くすると猫はその出口から家出してしまった。

程なくして、私は退寮した。その頃我が家は土地転がしの真っ最中で、「大邸宅」を売って一戸建ての家とマンションの一室を購入したりしていて多忙を極めており、私が寮を出てアパート暮らしを始めたことを打ち明けてもどこか上の空だったので幸いだった。しかし本当はこの時、彼らの間にはもっと深刻な事態が出来（しゅったい）していたことが後になって分かる。

二回生の時には恋人が出来てそれなりに楽しい時間を過ごしたが、平凡で真面目な女性であり、世間体というものから自由でないところが詰まらないと言えば詰まらなかった。そこで私は彼女に内緒で、こっそりと三つの怪しいアルバイトをした。

一つはスナック勤めで、昼間に「店員募集」の貼り紙を見て飛び込みで店に入ると、カウンターの中にトップレスの女の子がいて、その乳房を見た途端即決した。実際はトップレス喫茶は昼間だけで、私がシフトに入った夜は普通のスナックになったが、それでも半年間の知らない世界での経験は楽しかった。スタッフは皆、部外者の私にこっそりと打ち明け話をしたので、私は性と金と嫉妬にまみれた彼らの裏事情を知ることが出来た。こんな小さな店でも彼らの疑心暗鬼は凄まじく、大学と違って悪の匂いがプンプンして大変勉強になった。

二つ目はヌードデッサンのモデルのバイトである。これによって変態行為を金に換える道が拓かれると思い、勇んでモデル事務所の面接を受けた。すぐに採用され、三十代の女性社長に「男女の組みポーズをする場合もあるから、お互いの体をよく知っておかなくちゃならないのよ」と言われ、事務所の布団の中に引っ張り込まれた。こうやって次々に若い男を食ってるんだなと思ったが、嫌いなタイプではなかったので誠意をもってご奉仕させて頂いた。実際にヌードモデルの仕事をしてみると、人前で裸を晒すけれども性的な快楽や刺激のようなものはまるでなく、純粋な肉体労働だと分かった。ただ立っているだけでも同じ姿勢でじっとしていることはかなり苦しく、三時間の間に二十分間のポーズを六回行って一万一千円というのがそれなりに理由のある額であることはすぐに理解出来た。固定ポーズを取りながら、ゆらゆらと揺れる不安定な体や、今にも攣りそうな脹脛（ふくらはぎ）、定期的に襲ってくる眩暈（めまい）といった苦痛に耐えなければならず、暑気によって眩暈がしてその場に倒れ込んでしまい、カルチャーセンターの老人達に介抱されたこともあった（モデルから一般人に戻って彼らに囲まれていたこの時の私が、人前で全裸であることに興奮していたことは言うまでもない）。

　三つ目は男娼のバイトであった。これは純粋に私の嗜癖に直結していた。つまり、事務所で待機し、コールされると派遣されてホテルで客と絡むというのは、女になることが求められる仕事だと思ったのである。従って最初はとてもドキドキした。本番（アナルセックス）はなしで、相手（老人が多かった）を優しく射精に導くというソフトな仕事内容だった。私は結構人気があり、自分の裸体に客が興奮することには満足感を覚えたが、すぐにこれは違うと悟った。私はノンケで男に対する興味は微塵もなかった。従って事務所での独特の空気に上手く馴染めず、経営者のおっちゃんが個人的に誘ってきたりするのも鬱陶しくなって、早々に辞めてしまった。しかし機会があればまたやってみたい仕事だとは思った。

こんなことばかりしていたので、学長の予言通り私は順調に堕落の坂を転がり落ちていった。


ある時私は両親の住むマンションに数日間滞在したが、家の雰囲気は最悪だった。

父の帰宅はいつも遅かったが、その頃は特に酷く、午前三時頃にやっと帰ってくるということも度々だったようで、母の我慢は限界に達していたらしい。私が滞在していた時も、父は夜の九時頃に「もうすぐ帰る」と電話をしてきたものの実際の帰宅は午前様になった。母は扉にチェーンを掛け、父を家に入れなかった。深夜に父は扉の外で「開けてー、開けてー」と情けない声を上げげた。私が堪りかねてチェーンを外すと、入ってきた父に向かって錯乱した母が物を投げ付けた。しかし父は平身低頭するばかりで、一向に反論しなかった。母は父の浮気を疑っていて、父のパンツに膿のようなものが付いているとか、そんなことばかり叫んでいた。次の日の朝、母は布団から起きてこなかった。私と父は一緒にマンションを出て、近所の喫茶店でモーニングを食べた。そして父に頼まれて私がマンションに様子を見に戻ると、布団に仰向けになった母が呼気で真っ白に曇ったビニール袋を顔に被って悶絶していたのだった。私は慌ててビニール袋を剥がし、泣きじゃくる母を慰め、こっそり父に電話してここは自分に任せて会社に行くようにと伝えた。

後から考えると顔にビニール袋を被ったぐらいで死ねるとは思えず、多分にパフォーマンス的要素の濃い狂言自殺だった気がするものの、どんな形であれ家族が自殺未遂を図るというのは家庭の中に異様な雰囲気を齎すものである。これを機に母は益々妖怪じみて、我々は更に歪な家族になっていった。社会的には立派な勤め人だったかも知れないが、こと母に関する限り父は余りにも無能で、息子の私から見てもどうして父は母に対してこんなにも卑屈な態度しか取れないのか理解出来なかった。とにかく一つ言えることは、父や私がどんなに懸命に立ち向かっても母は絶対に自分の考えを曲げない傑物だったということである。父も何度か必死に戦った場面があった筈であるが、鉄壁な母を前にして常に敗退の憂き目を見てきたに違いない。母にとても勝てる気がしないという父の諦めは、思い返せば経験上私にもとてもよく分かる心理なのだった。

母は南極大陸なのだ。

北極海の氷山ならばどんなに巨大でも動かせる可能性はあるが、氷の下に大陸が存在する南極大陸は決して動かすことは出来ない。私は物心付いた時からこの絶対に勝てない圧倒的な存在に痛め付けられながら生きてきたので、全能感といったものは育たず、根本的に人生に対して無力感を持った人間として成長した。この世には、個人の力ではどうにもならない圧倒的な暴力が存在するという諦めは、何よりも「虐殺」という人類的記憶と結び付いてその後の私の文学的テーマとなっていくであろう。

虐殺

小学生だった頃、父は私をよく映画館に連れて行った。『ゴジラ』や『ガメラ』などの人気映画が中心だったが、中には『フランケンシュタインの怪獣　サンダ対ガイラ』のような心底恐ろしい怪獣映画や、『首』のような残酷な社会派映画もあった（『首』は鋸で人の首を切断するシーンが大変リアルな日本映画で、こんなものは幼い子供に見せるべきではないと思う）。更に酷かったのは『グレートハンティング』で、このドキュメンタリー映画で私は、サファリパークで車から外に出てライオンを撮影していた男が、車内で泣き叫ぶ妻子の目の前で雌ライオンに食い殺されるという衝撃的なシーンを見てしまった。一度死んだと思われた男が最後の力を振り絞って上体を起こし、再び倒れていったシーンは忘れられない。その時私は、自分はこの車の中の子供と同じように、世の中の暴力に対して手も足も出せないのだと思って打ちひしがれた（この映像は後にやらせだったことが指摘されるが、幼い頃に一度刷り込まれた衝撃は二度と消せないものである）。また、『ガンマー第3号　宇宙大作戦』というＳＦ映画は、宇宙ステーションの中で植物の化け物のような一つ目の怪物が増殖して宇宙飛行士たちを襲うというものだったが、閉鎖空間という設定が怖くて堪らず忽ちトラウマになった。恐らくこの映画は『エイリアン』の元ネタだと思うが、私がこの映画を殊更に怖がったのは、家という逃げ場のない場所で母からの暴力を受けていた自分の立場と重なったからで、それ以来私は、暴力を受けながら逃げることが出来ないという限界状況に過剰に反応するようになった。

その後、ナチスやスターリンや毛沢東やポル・ポトのような二十世紀の狂った指導者たちによる虐殺や粛清の歴史を知るに及んで、人間の持つ暴力性に曰く言い難い感情を掻き立てられた。二十世紀という時代が余りにも狂っていたため、司馬遼太郎は膨大な資料を集めながら終にノモンハン事件を書けなかったという。確かに二十世紀は極端に異常な世紀だったと言う他はない（そして残念なことに、今世紀にもその狂気は引き継がれている）。二十世紀に戦争、内戦、民族紛争、虐殺、粛清などによって人間によって殺された人間の総数は、一億人を下らない。百年間に日本の人口と同じ数の人間の命が人の手によって奪われたのである。これが単に数字としてだけではなく、リアルな感覚として胸に迫ってくるところに、私が抱えるのっぴきならない居た堪れなさがあった。私は虐殺という史実に半ば神経症的な反応を示した。本多勝一『南京への道』、『検証・カンボジア大虐殺』〔朝日文庫〕、V・E・フランクル『夜と霧』〔みすず書房〕、ソルジェニーツィン『イワン・デニーソヴィチの一日』〔新潮文庫〕、エリ・ヴィーゼル『幸運の町』〔みすず書房〕、映画『キリング・フィールド』、『炎628』などに接する度に、私はとてもまともな精神状態ではいられなくなった。自分が虐殺されるという恐怖だけならまだ正気を保っていられたかも知れないが、私の中では虐殺する側のゾクゾク感もありありと渦巻いたからである。

例えば『検証・カンボジア大虐殺』の中には、クメール・ルージュによる自国民への残虐非道な行為を写した写真が掲載されている。裸にされ、股間に棒を突き刺されたままジャングルに放置されて半ば腐っている婦女の姿を目にすると、自分がその女性になったような気がして、人間が人間に対してどうしてこんな惨い真似が出来るのかと思って悔し涙が出そうになる。しかし同時に、もし自分がクメール・ルージュとしてこの場にいたならば、間違いなくこの手で彼女の股間に棒を突き刺し、その時に得も言われぬゾクゾク感を覚えたに違いないということも分かってしまうのだった。すると彼女である私がどんなに命乞いをしても、クメール・ルージュである私は絶対にそれを聞き入れないということになる。私は母に何度も「許して下さい」と泣きながら懇願した自分を思い出し、その時母が全く打擲の手を緩めなかった経験を人類の歴史に重ねているのだった。母子の間でさえ必死の願いが通じないとするなら、敵味方や異民族間の対立を調停し、平和的に解決してくれるどんな力がこの世に存在するというのか。それは国連だろうか。しかしレオ・クーパー『ジェノサイド　二十世紀におけるその現実』［法政大学出版局］を読むと、内政不干渉という制約に加え、そもそもジェノサイドを裁いたり根絶したりする力が本来的に備わっていない国連に多くを期待することは出来ないと分かる。確かに二十一世紀のこの瞬間にも世界各地で虐殺行為が行われていて、それは実質的に野放しになっている。個人を超えた国家の暴走は、一旦始まると行き着くところまで行くまで誰も止められないのである。日本兵として一九三七年末の南京にいたら私は何をしていただろうかと考えるだけで、大声で叫びながら走り出したくなってしまう。

　ある時、このような自分の心の内をＮ１に打ち明けたことがある。すると彼は私にこう言った。

「お前は嘗て虐殺したことも、虐殺されたこともあるんや」

　かなりスピリチュアルな見解だったが、私の胸にはダイレクトに突き刺さり、忘れられない言葉となった。オカルト熱も冷め、前世があるかどうかも怪しいと思っている私だが、この言葉だけは今でも真実だと確信している。私は嘗てどこかで誰かの手によって虐殺され、そして自分の手で誰かを虐殺したことがあるのだ。それは集合的無意識の中の記憶なのだろうか。あるいは私が母親から体罰を受ける子供として生まれてきたのは、つまりは因果応報ということなのだろうか。

　オカルト好きの私は、もし宇宙人がＵＦＯで地球に飛来して地球人を観察したとすれば、彼らは我々をどのような生物と判断するだろうかとよく想像していた。そして勿論彼らは間違いなく、百年間で一億個体の同胞を虐殺する地球人を極めて危険な生物だとみなすだろうと思った。もし彼らが地球への移住を考えているとすれば、予め地球人だけは殲滅(せんめつ)しておかなくてはならないと判断するに違いない。エイリアン(性質の異なる者)に対する地球人の所業が非道なものであることは、その歴史が証明しているからである。

こんな生物が地球上で最も繁栄していることに何か意味はあるのだろうかと考えると、自他の種を殺し環境を破壊し続ける人類など、寧ろ絶滅してしまった方がいいのではないかと思われた。人間はやたら「愛」や「正義」や「善」を説くが、実際には存在しないものだからこそ却って声高にそんな理想を唱え続けているに違いない。そしてそんな自己正当化のためのエクスキューズワードに内実がないことは、本当は誰もが知っているのではないかという気がした。そもそも愛や正義や善など、息苦しいばかりである。どの道、いつか必ず人類はこの宇宙から消え去ってしまう。それが数千年後や数万年後であろうと、今であろうと、何が違うというのだろう。全ては無価値で構わない。N1やN2と違って、私は寧ろ人間の存在が無価値であることに安堵していた。それは、自分の存在には絶対の価値があると妄信する傲岸不遜(ごうがんふそん)な母に対して、「あなたは無価値です」という冷酷な宣告を下したいという個人的願望の表れだったのかも知れない。

映画

世界は複雑で、人生は一筋縄ではいかない。コリン・ウィルソンの言うように「意識の拡大」だけで人生が乗り切れるなら簡単なことだが、どうやら世界はそんなに単純なものでないらしいと分かってくると、小説や映画もシンプルな作品には満足出来ず、敢えてよく分からないものを好むようになった。そこで単館系の映画館に通い、イングマール・ベルイマン『沈黙』、ルイ・マル『鬼火』、アラン・レネ『去年マリエンバートで』などを見て、複雑で意味の分からないものをそのまま受け止めるように努めた。知性で理解出来ずとも感性で味わうことで、少し背伸びをして難解な作品と対峙してみようとしたところもあったと思う。

　ある時、映画館でアンドレイ・タルコフスキーの『ストーカー』という映画を見た。映像詩人と言われるタルコフスキーのこの作品は、『未知との遭遇』や『スター・ウォーズ』といったハリウッドのＳＦ作品に比べて一見冗長で退屈な作品に思えた。映画が始まって半時間ぐらい経った時、私の前の席に座っていた中年男が「けっ！」と吐き捨てて席を立ってしまった。私は彼の不満がよく分かったが、それと同時にこの映画が面白いと思えている自分に満足を覚えた。私は彼とは違うらしい。実際私は少しも退屈せずに最後まで見ることが出来た上に、この作品は生涯のベスト10に入る映画となった（その後ＤＶＤを購入し、少なくとも三十回以上は見ている）。しかしこの映画が何を言わんとしているのか、その意味については今もってよく分かっていない。

　退屈でよく分からない作品というのは、頭の中の能動性を駆動させるので、見終わってしまえば何も頭に残らないような娯楽作品に比べてその効果が長く続く上に、日常の何でもない光景の中にも詩的なものを見出そうとする感性を育むような気がする。それは即ち、沈黙の中に音を聞こうとし、見えない物の姿を見ようとする飽くことのない鋭敏な感覚と精神を得るということではないかと思う。

国家によって立ち入り禁止区域とされている「ゾーン」は荒涼たる危険な場所で、そこには人の心の奥に潜む願望が叶う部屋がある、というのが『ストーカー』の設定である。科学者と小説家は案内人であるストーカーに導かれて「ゾーン」に侵入するが、葛藤の末部屋に入らないまま戻ってくる。そもそも「ゾーン」とは何か、人間にとって真の願望とはどういうものか、「ゾーン」の中にある水、風、火、砂、草、犬、電話、茨の冠は何を意味するのか、ストーカーの娘が障害と念力とを備えているのはなぜなのかなど、色々とよく分からない。

> トンネルの上からしたたる雨水、ゾーンの心臓部で突然降る雨、彼らが渡らねばならない運河などは、たんに際立っているだけの映画的な映像ではない。それらにはみそぎの意味が込められており、映画を通して出会える、ヨハネの黙示録やキリスト教のシンボル群に響き合っているものである。たとえば、いばらの王冠や旅の終わりの部屋の魚、そして黙示録の一節などである。〔ピーター・グリーン『アンドレイ・タルコフスキー 映像の探求』国文社、一九九四年、一五七頁〕

なるほどそう言われると何か少し分かったような気になるし、実際タルコフスキーの意図もそうだったのかも知れない。しかし、この映画に頻出する水は他のタルコフスキー作品同様にキリスト教的な禊ぎなのだと頭で分かって終わりにするよりも、水のようにゆっくりと流れて行く映像の流れに延々と見入っている方が私には遥かに愉しい。映像を眺めてさえいれば全身が『ストーカー』に満たされ、次第に瞑想しているような心持ちになってくるし、この世界そのものが『ストーカー』化してくる。これが良い。この映画にはそれを可能にする機能、大きさ、充分な懐の深さといったものがあると思う。勿論この作品は美しいだけでない。何かとても空恐ろしいものがある。その恐ろしさと隣り合って、「神聖な」と形容するしかないようなものが息づいている気もする。罠があり、死があり、力がある。ひょっとすると人類の虐殺の歴史の中にも何かこのような悪と見紛うような神聖さが存在し、我々はその神聖なるものに対して、「ゾーン」に命を奪われた人々のように人身御供を捧げてきたのかも知れない。一億人もの命を。そんな気もしてくるのである。少なくともこの作品が、我々が生き、そして今生きている世紀と深い繋がりを持っていることは間違いない。

この映画の七年後には取り返しの付かないチェルノブイリ原発事故が起こり、現実に「ゾーン」のような広範な立ち入り禁止区域が設置される。そしてそれは間違いなく我が国の福島第一原発事故へと繋がるのであるが、今見るとその全てが既にこの映画の中に含まれているように見えてくる。映画の中の随所に現代の福島のみならず、我々の未来の姿をも読み取ることが出来るかのようだ。象徴的に表現された光景が現実世界と侵食し合うこと、これこそがこの映画の持つ意味なのではなかろうかと思う。即ちこの映画は、固定した解釈では捉え切れない一種の生き物のような作品であり、作品世界と現実世界とが「見る者」の存在を介して繋がり、作用し合い、その都度、新しい視野が眼前に拓けるように出来ている。きっとそれ故に、何度見ても飽きないのである。

世界は分からないことに満ちていて、分からないことの前では人は沈黙しなければならないが、この映画はそういう沈黙を我々に強いてくる作品でもある。四六時中騒音と喧騒の中にいて自らもまた喋り過ぎている我々にとって今最も必要なのは、この映画が要求する退屈なまでの静謐さなのかも知れない。

> 神の秘儀（ミステーリウム）が常に沈黙の一つの層を自己のまえに展開していることは、神の愛のあらわれ

に他ならない。何故なら、人間はそれによって、神の秘儀に近づくには自らもまた沈黙の一つの層を準備しておらねばならぬことを警告されるからである。人間の内部にも人間の周囲にも、ただ喧噪しかない今日、秘儀に近づくことは困難である。沈黙の層が欠けておれば、この驚異的なものは容易に通常のもの、つまり日常のながれと連関するに至る、そして人間はこの驚異的なものを通常のもの、日常のいとなみの一部に格下げしてしまうのである。〔ピカート『沈黙の世界』みすず書房、一九六四年、二七〇頁〕

沈黙の中で風景を眺めると、世界は言葉で説明される以上のものであることが分かる。そのような沈黙を我々の心に準備させるのが、『ストーカー』という作品の持つ力であり、この力は優れた芸術作品に共通して備わっているものに違いない。それは我々を喧騒から引き離し、静けさの中に立ち止まらせ、自分の耳目によって世界を再解釈するよう促してくる。ロベール・ブレッソンやイングマール・ベルイマンの諸作品も同様だと思う。

日記

私は中学生の頃から日記を書こうと何度も試みては挫折してきたが、やっと二十歳になって薄いノート一冊を書き上げ、二冊目に移った時から今日まで四十年間ほぼ毎日欠かさず付けている。いつしかコクヨの百枚ノートを使うようになり、現在百八冊目に入った。私にとって日記とは、まずは文字の練習帳だった。私は自分の書く文字が気に入らなかったから、色々な文字を真似て最も気に入る字体を探した。寺山修司の文字は概ね好きだが、彼の書く「ろ」が数字の「3」と区別が付かない点がどうしても許せなかったりした。私は、もし気に入った文字が書けるようにならなければ自分の人生はお終いだと本気で考えていた。なぜなら私は「書く」ということが、自分の人生と切っても切れないものだと確信していたからである。教師になって黒板に板書すること、プリントを作成すること、定期試験を作ること、そして自分の著書を持つこと、これら全ては文字を書くことそのものではないか。しかし気に入った文字への道のりは遠く、やっと何とかそれなりの文字に辿り着けたのは三十代の後半になってからだった。ちなみに私は悪筆の作家というものが信じられない。自分の書いた文字が読めない、などというのは作家として言語道断だと思うのである。文字への偏愛なくして、どうして作家と言えようか。文字を生き物と見た泉鏡花こそ作家の中の作家だと思う。何も難しいことではなく、基本的には小学生の手習い文字でよいのであるが、私は手に変な癖があって矯正するのに時間が掛かった。分かってみるとコツは簡単なことで、ただゆっくり書けばよいのであった。

日記の語り口のベースとなったのは、コリン・ウィルソンの多くを訳していた中村保男の文体だった。暗記するまで読んだ文章に影響を受けない筈はない。そしてドストエフスキーの小説を何冊も続けて読んでいる時、ヘルマン・ヘッセを呼んでいる時、安部公房を読んでいる時、その時々で日記の文体は夫々の作家の影響を受けざるを得ない。なぜならその時々で私は否応なく幾分か、夫々の作家の文体をなぞって内省したり思考したりしていたからである。それが日記の文体に反映し、そしてパレットの上で絵の具が混じって新しい色が出来るように、日記の中で様々な文体が自然に混ざり合い、調合されていったもののようである。もし私が文学修行のようなものをしたとすれば、この文体の混ぜ合わせ作業以外に思い浮かばない。文体とは思考そのものであり、私は日記を通して書きながら考えた。頭の中だけで考えるよりも、書きながら考えた方がずっと遠くまで行くことが出来ると気付いてからは尚更そうだった。従って、字の練習を兼ねて何でも書いた。日記だけでなく、駄文や小説の真似事にも耽溺した。

　私の何よりの娯楽は、喫茶店で日記を書くことだった。

　コーヒーと煙草と日記帳と万年筆と本さえあれば、私は幸せだった。日記に書く事柄がなくなると、本やメニューや窓外の店の看板などを書き写したり、客の様子を文章でデッサンしたりした。これが、「文字によって世界を摘まみ食いする」という行為となって習慣化した。日記には好きな絵もよく描いた。断片的な文章と絵が紙の上でコラボレートして、相乗効果を上げることもあった。そんな時は、断片的にではあっても世界の謎が一つ解けたような気がした。そしてもっと沢山世界を摘まみ食いしたくなった。

私は別の愉しみも見付けた。それはゴミ拾いである。町外れの空き地や工場地帯の隅、公園の植え込みなどには大概ゴミが不法投棄されているものだ。その中にはかなりの確率でエロ雑誌が含まれていて、叢の緑や茶色の中に映える女の肌の色は格別美しく見えた。私は気に入った写真をその場で切り取って持ち帰り、日記やノートに貼り付けるようになった。これを私は「美を救い出すopus」と名付けた。「opus」とはユングの著作からの借用で、錬金術の「作業」を意味する。雨風に半ば朽ち、ナメクジの這うエロ雑誌から美しい女の写真をちぎって持ち帰ることは、まるで彼女達を地獄の底から救い出し、卑金属を金に変えるような喜びがあった。日記やノートに貼られた写真は、雑誌の文脈の中にあった時の意味（例えば「昼下がりに宅配のお兄さんに言い寄られて」とか「コインランドリーで暴力的に脱がされて」）といったものとは全く別の、「真昼のピュシスとしての積極的ニヒリズム的永劫回帰的自慰」とか「虚無に等しい存在生起〜巨大哲学女の太腿と尻肉をアウフヘーベンして」といった私好みの意味を付与されて再生された。こういった遊戯は想像力を刺激し、何か創作したいという根源的欲求を掻き立てた。

私は綺麗な町など嘘っぱちだと思っていたので、町が美を装うために町外れへと排除したゴミに否応なく惹き付けられたのである。そこは、夜逃げしたらしい一家の家財道具に交じって家計簿や卒業アルバムや学習ノートがあり、男に振られた商売女の下手な詩が記された日記、建築関係のサラリーマンの手帳、地積測量図、納品書、買い物メモなどが散乱する文字の墓場でもあった。元々の文脈から自由になった言葉たちは「4時　駅前ロータリー　ブロッコリー」という単なるメモすら一編の詩であった。私は、意図して書かれた詩はよく分からないけれども、こういう詩なら感覚として少し分かる。

　エロ写真であれ捨てられた言葉であれ、私はとにかく断片が好きなのである。それは簡単に材料として利用出来るからで、切って貼り付けるだけで忽ちコラージュ作品になるところも手軽でよい。決められた文脈の網の目の中では、絵も言葉もごく限られた意味しか持ち得ないが、一旦ゴミになって断片化した途端元の文脈から解放される。私の中ではそれは、「母」や「世間様（せけんさま）」や「圧倒的な暴力」から自由になることと通底しているのだ。家族も家も大学も社会も国家も、何だか真っ平だった。

　三回生の夏休みに四十九日間のアメリカ旅行に行ったのは、日本という文脈を離れて自分自身が断片化したかったからかも知れない。最初の一泊と最後の一泊だけホテルが決まっていて、あとは自由行動というツアーで実質的に一人旅だった。現地の不良アメリカ人と一週間一緒に暮らして金を騙し取られたり、変なパーティーに参加して目を覚ますとホテルで知らない娘と同じベッドで寝ていたり、野宿している最中に荷物を盗まれそうになったりとろくなことはなかった。ニューヨークのハーレムやゴスペル教会ではホッと息が継げたし、メトロポリタン美術館やグッゲンハイム美術館の本物の美術作品には大いに刺激を受けたが、概して物価が高く、金のない東洋人などまるで相手にしないアメリカ合衆国という国にほとほと嫌気が差して、ある日マイアミからユカタン半島へ飛んだ。スペイン語などまるで出来なかったが、マイアミ空港で知り合ったスイス人のカップル（男女）と行動を共にすることで通訳を得て（彼らは五ヶ国語が操れた）、メキシコ滞在中は一向に不自由しなかった。何よりもアメリカと違って食べ物が格段に美味しくて食欲が止まらず、それまでの人生で最大の大便が出たので思わず写真に収めた。アカプルコでのパラセイリングやピラミッド見学など楽しいことばかりだったが、メキシコ女性のナンパだけは何度やっても悉く失敗した。カップルと別れてアメリカに戻った時には所持金が底をつき、野宿を余儀なくされた。すると銀行マンだというゲイの男に声を掛けられ、一宿一飯の恩義を得た。お礼に頑張ってご奉仕させて貰ったが、この時「挿入」されるのは自分には痛くてとても無理だということが分かった（その後日本で一度だけ成功したが、違和感ばかりで少しも気持ち良くなかった）。

後に東南アジアやインドを旅行した時にも思ったことだが、電車が数秒の狂いなく発着し、町にはゴミ一つなく、約束を守るのは当たり前で、水戸黄門の小さな印籠に額（ぬか）ずき、実体のない世間様を過剰に気にするような国は日本だけであり、我々は世界の中でもかなり特殊な国に暮らしているらしいと気付けるだけでも海外旅行にはメリットがあると思う。メキシコではウシュマルの遺跡からシティに戻るバスは三時間遅れたが誰もが当たり前のような顔で待っていて、シティに着くとバスの腹の中から巨大な豚が数頭、絶叫しながら飛び出してきたので何もかもどうでもよくなって私は大笑いした。

思うに日本人は真面目過ぎるのである。

哲学

私の学科は社会科学科で、専攻は哲学だった。

指導教官のK教授は物静かな人物で、ゼミで原書講読などをしている時、よく蚊の鳴くようなか細い声を発しながらフリーズなさった。その声には催眠効果があって全員がピタッと静かになり、誰一人物音一つ立てないまま数分が経過するということが間々あった。私は殆ど夢心地の中で、英訳を当てられなくて済むこの幸せな時間が永遠に続けばいいと思ったものだ。ハッと気付くと誰もが「ここはどこだ？」という顔をして見詰め合い、そんな中K教授は何事もなかったかのように講読を再開するのであった。私はK教授が大好きで、その沈黙と瞑想の自然な流儀に大いに感化された。

もう一人の指導教官のTD助教授は、私が今まで会った中で最も頭脳明晰な人であった。その頭の中には人類の思索の歴史が漏れなく詰まっていて、学生からのどんな質問にも答えることが出来た。バートランド・ラッセルやジョン・ロックを中心に、目の前のテーブルは本当に実在するのか、物質の本性とは何か、観念とは何かという認識論や実在論について学んだが、知的体力に乏しい私は論理の筋を辿る途中で息切れしてしまうことが少なくなかった。そんな時は藁(わら)を掴むように「存在するとは知覚されることである」「我々は直接知覚していないが、神が知覚している」(ジョージ・バークリ)といった断片的な言葉に取り縋(すが)って息を継いだ(こういった言葉はゴミ捨て場で見付けたメモ同様、とても詩的なものに感じられた)。

まずもって私は、目の前のテーブル一つ取ってみても実に色々な考え方があり、そういった問題が古代から現代にまで連綿と引き継がれているという事実に驚いた。そして思ったのは、数多の哲学の達人達が懸命に思索を重ねてきたこのような哲学の歴史に、自分ごとき貧弱な知性が介入して新たに一石を投じたりする余地は全くないということだった。そういうことが出来るのはごく限られた優れた知性の持ち主だけで、私は当然その名簿に載っておらず、この先もずっと載る見込みはない。周りの学生達を見ても、ただ一人Ｓ先輩を除いてその可能性は限りなくゼロに近いと思われた。しかしまた「君が後ろを向いた途端、このテーブルが尚も存在し続けているとどうして分かる？」という問いを大真面目に突き付けられることは、常識で雁字搦めになった精神を大いに解放してくれた。向き直ったらテーブルは依然としてそこに在るからテーブルはずっとそこに在ったのだ、という「常識」が臆見に過ぎないということを、私は大声で母に言ってみたかった。

ＴＤ助教授の講義は、一つの疑問が新たな疑問を生む開かれた性質のもので、この時ばかりはとても呼吸が楽になった。この頃には教員採用試験という関門も薄らと見えてきていて、自分が教員という一つの「型」に否応なく嵌められていくことを徐々に感じ始めていたので、精神の健康にとって哲学の講義は特に貴重なものとなった。

そんな折、有名大学のＴＩ教授がハイデッガー哲学の特別講義に訪れた。講義名は「根源的日常性の現象学」で、この講義は私の生涯の中でも最も難解なものであったがこれほど面白い講義もまたとなかった。後にハイデッガーの『存在と時間』を読んだ時にも感じた独特の用語と文体による日常性の異化作用の強烈さといったらなく、講義中に、メキシコのバスから飛び出した豚を見た時のように思わず笑い出してしまったほどである。

分かり切った（と思い込んでいる）日常の持つ退屈さに対して、日常性そのものに驚愕し、日常性の分からなさに瞠目することは実に愉快で、しかもその哲学そのものがよく分からないときては、それはもう半ば自棄っぱちの面白さだった。

私は物理や化学がさっぱり駄目で、それは要するに物理や化学の文法を全く知らないが故にチンプンカンプンなのであるが、哲学に関してはそういうことはなかった。哲学的な言い回しにはそこそこ慣れていて専門用語もある程度は理解出来るので、分からないなりに分かるのである。その微妙な分からなさ加減が却って自由で愉しいのだった。従って私はどんな哲学書にも惹かれるのだが、丸呑みにするのは無理なので、結局、その周りをブンブン飛んで美味しい汁だけ吸う蠅になった。即ち、哲学の摘まみ食いをすることを専らとしたのである。時として摘まみ食いは、空腹であることも手伝ってちゃんとした食事よりずっと美味しく感じられることがある一方で、手に付着した黴菌によってお腹を壊したり、変にお腹が満たされて肝心の食事が食べられなくなったりもするのだが、窮屈な椅子やテーブルマナーに縛られない自由さが売りである。

高校時代にF先生の倫理の授業で、好きな哲学者を一人選んで研究発表をさせるという、かなり無理のある課題が出たことがあった。私はセーレン・キルケゴールを選んだが『死に至る病』は難解で、いつものように概説書に頼って教科書的な発表に終始した。他の生徒も似たり寄ったりだったが、西田幾多郎を選んだEだけは一人全く違う発表の仕方をした。彼は『善の研究』に直接当たり、これを第一ページから順に抜書きしながらまとめて行き、それをそのまま発表したのである。当然まとめは途中で終わっていたし、そもそも「純粋経験の直接にして純粋なる所以（ゆえん）は、単一であって、分析ができぬとか、瞬間的であるとかいうことにあるのではない。かえって具体的意識の厳密なる統一にあるのである」〔岩波文庫、一九七九年改版、一七頁〕などと言われても、誰にも分からないのであった。しかしEは全く教室の雰囲気に呑まれることなくマイペースで講義を続け、見かねたF先生が「もう少しまとめてくれるかな」と言うと、それに対して彼はこう言ったのだった。

「こういうものは簡単にまとめてしまうと却って分からなくなるもので、遠くから渦を巻くようにして少しずつ核心部に近付いていくように理解していくのがいいと思います」

私はその瞬間雷に打たれたようになり、瞬間的にEの信者となった。発表者の中で最も本物の哲学者に接近したのはEであると私は確信した。私を含めた他の生徒は（成績の良い生徒は特に）、概説書などを頼りに自分の分かる部分だけを発表したに過ぎない。しかしこのようなやり方ほど、本物の哲学から遠ざかってしまう所業もないのではあるまいか。本当に「分かる」とはEのように、分からないまま原典に体当たりしていくところからしか生まれないに違いない。なるほどEが西田幾多郎の思想をどこまで理解したかは極めて怪しかったが、彼が『善の研究』から直接書き写したやり方以上に我々が哲学者に正しく接近出来る方法はないような気がした。私は授業後に彼に頼んで、彼が書き写した『善の研究』のファイルを借り受け、家に持ち帰って撫で回しながら彼の金釘（かなくぎ）流の文字を飽かず眺めた。手にするものは瞬時に古びてしまい、忽ちにして侘び寂びを帯びるという不思議な力をEは持っていて、このファイルも百年前のファイルであるかのように古ぼけていたが、私にとっては、哲学の抜書きファイルというのはすべからくこうあるべきだと思わせるに足る充分な魅力を放っていた。私は「書き写す」「抜書きする」ということに魅せられ、それは世界の摘まみ食いと相俟って、私の読書及び創作の基本的な方法となっていくのである。

ちなみに彼は高校卒業後沖縄の大学に進学し、私は大学時代に一度那覇の彼のアパートを訪ねたことがあるが、その部屋ほど薄汚く混沌として、金を生み出す錬金術師のラボラトリーの雰囲気を持った素晴らしい空間は後にも先にも見たことがない。

倫理のどの教科書にもプラトンのイデアについて記されているが、永遠の真実在とされるイデアとは一体何なのだろうか。目の前の三角形はどんなに精巧に描いても不完全なものに過ぎないが（顕微鏡で見ればその線はガタガタに欠けているだろう）、イデア界には完璧な三角形のイデアが実在する。我々はこの現象界においてイデアの模造を見ているに過ぎない。そしてイデアの中でも最高のイデアが「善のイデア」である。人の魂は肉体に宿る前にイデアを見ていて、従ってイデアを想起（アナムネーシス）することでこれを認識出来るとされる。『国家』にはこう記されている。

〔……〕公私いずれにおいても思慮ある行ないをしようとする者は、この〈善〉の実相をこそ見なければならぬ〔……〕（『国家』下、岩波文庫、一九七九年、一〇二頁）

即ちイデアを「見る」ことは義務なのだ。

はあ？

プラトンは一体何を言っているのか。言っていることは分かるが、何を言っているのかまるで分からない。すると私の前にS先輩が現れた。彼は若くして禿げ頭のソクラテスのような風貌の学生で、一人でプロティノスを研究していた。プロティノスは新プラトン主義の実質的な創始者で、イデア論を発展させ、独自の神秘思想を打ち立てた人物である。S先輩はプロティノスの言うところの一切の実在の根底をなす「一者（いっしゃ）」こそ、プラトンの「善のイデア」の真の姿であるとしてこれを熱心に追究していた。私は俄然興味を覚え、彼に色々と教えを乞うた。するとある時彼は私の熱心さを認めてくれたのか、新プラトン主義を実践的に理解してみないか、と誘ってくれた。私は胸を躍らせた。すると怪しげなビルに連れて行かれた。そこは新興宗教の支部だった。私はその宗教を知っていて、つのだじろうの漫画による知識から、これに関わると低級な霊に憑依されると判断して断った。するとS先輩は「何だ。君の覚悟はその程度だったのか」と失望を露わにしたが、こっちこそ、こんな安っぽい宗教儀式で新プラトン主義の「一者」と合一出来ると信じているS先輩に失望し、我々はそれっきりになった。しかしプラトンのイデア論の理解にとってプロティノスは無視出来ない存在だと分かったので、本屋でプロティノス関連の書籍を買い求めた。

それが井筒俊彦『神秘哲学　第二部　神秘主義のギリシア哲学的展開』〔人文書院〕だったことは、私にとって大きな幸運だった。以後井筒俊彦は、現在に至るまで私にとって最も影響力のある思想家であり続けている。一時下火になった印象があったが、二〇一一年に若松英輔が『井筒俊彦　叡知の哲学』〔慶應義塾大学出版会〕を著し、二〇一三年から慶應義塾大学出版会が井筒俊彦全集の刊行を始めたことがきっかけで再び注目を集めているようだ。

『神秘哲学』には、プロティノスの哲学に参与出来る人間についての、以下のような記述があった。

> この哲学に積極的に参与することを許される人は、すでに少くとも一度は「かの光に触れ、それをほかならぬかの光自体によって見る」(ephapsasthai photos ekeinou kai autô auto theasasthai–V, 3, 17, 516) というような照明体験を経た者でなければならない。そうい

う光に接し得たごく限られた人々が、共通の地盤の上に立って、互いに自己体験を語り合い、鋭く批判し反省し合って行く、その緊迫したロゴスのやりとりが哲学となって展開する。まだ道の終局を識らぬ人が、まだ見ぬ目的地を見ようとして、識ろうとして、いわば手さぐりで哲学して行くのではなく、すでに完全に識っていることを、識っているが故に、思索する、それが哲学なのである。〔『井筒俊彦全集 第二巻 神秘哲学』慶應義塾大学出版会、二〇一三年、四七六―四七七頁〕

まさに秘教なのだ。

それにしても、この突き放し感！

だとすればプラトンのイデア論も、本当のところはこの照明体験なくしては知り得ないのだと私は納得した。逆に言うと、プラトンがどうして『国家』や『パイドロス』の中でイデアについてあんなに確信をもって語り得たのかと言うと、それは彼が実際にイデアを見たからなのである。見たままを語っていたのだ。実際に哲学者の思想の根底にこのような何らかの経験的事実が存在し、それが思想の核心となっているケースは少なくないのではなかろうかと私は思った。論理的な思考だけを幾ら推し進めたところで、哲学史を彩るこの百花繚乱の思想的展開には至らないに違いない。

プロティノスの真実在に対する照明体験は、まさにコリン・ウィルソンの「絶頂体験（価値体験 peak experience）」の中でも最高位のものと思われた。井筒俊彦を介して、私の中で哲学とオカルトとがダイレクトに繋がった瞬間だった。

私には照明体験の「し」の字もないが、それはそれでいいと思っている。どんなに凡庸な精神の持ち主であってもいずれは死を迎える。死が個人を超えたものであるなら、その瞬間に初めて肉体の頚木（くびき）から自由になった魂に、何らかの照明体験が訪れるかも知れないではないか。その時初めて、嗚呼これがイデアであり「一者」であったのかと納得出来たとすれば、それは本当に素晴らしいことだと思う。

嫉妬

教育実習先は、大学の付属小学校の小学四年生だった。私は小学校課程の学生だったからである。結論から言えば、教育実習の成績は「優」「良」「可」「否」の「良」だった。普通にやっていれば誰でも「優」が貰えるのだが、ある日登校すると皆が給食を食べていたり（大幅遅刻）、火事の恐ろしさを児童に伝えなければならない授業で漫才のような爆笑授業を展開してしまい、指導教員に「君はバカだ」と酷評されたりした結果だった。児童は可愛かったが、給食時間も休み時間も相手をしなければならず煙草を吸う暇もない。おまけに体の大きな女の子に体当たりされて吹っ飛ばされたりたりして、これでは身が持たないと思い、やはり高校の教員になろうと決めた。中高の免許は、副免という形で余分な授業を履修することで取得出来た。

教育実習の打ち上げの後、女の子も含めた数人で繁華街の川原で飲酒していて、私は三週間の実習が終わった解放感から全裸になり、川の中に入っていった。橋の上から多くの通行人が見ていたが、私は妙に冷静だった。女の子はどう思ったか知らないが、少なくとも嫌われたという感じはしなかった。つまり裸になるということは、別段大したことではなかったのだ。それが分かった時、憑き物が落ちたような気がした。


四回生の夏、教員採用試験の一次試験を受けて落ちた。公務員試験というのは、どうして真夏に行われるのか。これでは半分は暑さとの戦いで、次々に討ち死にして机に突っ伏していく受験生が続出し、私もその中の一人だった。

アパートを引っ越して、中古車センターでアルバイトしながら就職浪人生活を送っていたが、現役合格して教員になった彼女との時間だけが数少ない私の慰めだった。私は母犬の乳を貪る子犬のように彼女を求めた。しかし次第に彼女がよそよそしくなっていく気がして、こちらが追い掛けるとその分相手が遠ざかっていく感じで、徐々に精神状態が不安定になっていった。そしてどうも様子がおかしいのである日思い切って問い詰めると、職場の同僚の男に言い寄られていて、何度かデートもしていることが分かった。そのデートの行き先が嘗て私と行ったことのある場所だと知るや、私は激昂してそばにあった果物ナイフで思わず突き刺してしまったのだった、畳を。そして彼女が泣き出すまで、散々にその節操のなさを責めまくった。しかし彼女はたかが同僚と数回ドライブに行ったに過ぎず、私だけが一人嫉妬妄想に狂っていたのであった。情けなくも私は大泣きし、挙句に彼女と別れた。それが二度目の教員採用試験直前の出来事で、当然一次試験で不合格となり、私はすっかり何者でもなくなって、当時出張で高松に移り住んでいた両親の元に転がり込んだ。

もう誰にも会いたくなかった。

V

爆

孤独

香川県高松市に知り合いは一人もおらず、私は両親と共にマンションの一室でひっそりと受験勉強の日々を送ることとなった。学校の講師の仕事に就くことはせず、「受験勉強に集中したいから」という理由で親に生活の面倒を看て貰うことにした。こういう点に限って言うと私の親は実に子供に甘く、どこかズレていたが、私はそれを狡賢(ずるがしこ)く利用した。

しかしただ引き籠って勉強するのは、物理的にも精神的にも一種の牢獄生活に等しかった。頭の中は別れた彼女のことで一杯で、彼女を奪っていった三十歳前の教員が社会的に認知されているのに比べて自分の何者でもなさが酷く身に沁みた。私は鏡の中の自分に「お前は誰だ？」と問い掛け、その答えが存在しないことに愕然とした。私はどの組織にも属しておらず、無名の存在で、何の力もなかった。社会に認められなければ生きている資格はないという無言の圧力の存在を、私はこの時初めてリアルに肌身に感じた。どこか暴力の匂いのするこの圧力の正体は一体何なのだろうか。社会はこの圧力によって我々に何を押し付けようとしているのか。そんなことを思いながら一端（いっぱし）の被害者面をして、悲劇の主人公を気取っていたのだった。

　それにしても家庭というのは、やはり社会的圧力を緩和する一種のクッションの場でなければならないだろうと思われた。実際に私は経済的には親に庇護されていたから、その点では恵まれていた。しかし時として「社会の役に立たない人間は屑だ」というプレッシャーが、親によって寧ろ増幅された形で私を直撃した。守ってくれていると思ったら突然攻撃に転じる親のこうした矛盾した態度には、一貫した圧力よりも大きな破壊力があるような気がする。

　ある日法事で母の郷里の高知県に行ったが、母方の親戚は優秀で、そこには東大医学部や岡山大学医学部に通っているという子供達がいた。一見とてもおっとりしていて、それが却って彼らを特別な資質の人間のように見せていた。母のみならず父までもが、出来の良い彼らに比べて、たかが教職にすら就けていない我が子の不甲斐なさを恥じているのが分かって、私は辛かった。親戚の子供達の中に一人、ゲーム音楽を作っているという若者がいた。私より少しだけ年上の、痩せた、どこか気の弱そうな彼だけが私には身近な存在に感じられた。彼の名は植松伸夫といい、後にゲームソフト「ファイナルファンタジー」の音楽を生み出す斯界の大御所になるのだが、当時はそんなオーラは全くなかった。

私は日常的なことに疎いところがあり、この時も法事の控えの間で背広をハンガーに掛けるのに手間取っていたところ、酒に酔った父に「お前は何をしとるんや」と咎められた。ちょっともたついていただけなのに、その責めようはないと思った。その吐き捨てるような言い方と軽蔑したような赤ら顔に私は大いにショックを受け、それは一瞬の出来事だったが三十五年余り経った今でも忘れることが出来ない。

私の日記帳は、自分を捨てた恋人に対する恨みと、弱音と、絶望と、そして何とかしなくてはという焦りと、たまに訪れる根拠なき自信といった、脈絡のない言葉で溢れ返った。

私はコリン・ウィルソンの、並外れた努力による意識の拡大という方法によってこの陰鬱な状況を乗り越えようと試みたが、そのために必要な強い意志力の持ち合わせはなく、ある程度気分が持ち直しては失意の谷に転落するということを延々と繰り返していた。

知らない町に暮らし、友達も恋人もおらず、どこにも属さず、ただマンションの部屋と県営プールとを往復する日々（後に港の埠頭で釣りもするようになったが）。

午後の県営プールには若奥さんという感じの常連客が何人かいて、彼女達を眺めるのが私の唯一の愉しみだった。当時二十四歳だった私を彼女達がどう見ていたか分からないが、体を温めるサウナルームで二人切りになったりすると、頭の中で妄想が爆発した。今思えば声を掛けて友達になったり、あるいはもっと深い秘密の仲になっておけばよかったと大層悔やまれるが、当時の私は、たとえ知り合いになったとしても就職浪人の身では軽蔑されるのが落ちだという固定観念に縛られていて、頭の中のカメラに撮り溜めた彼女達の映像を自在に組み合わせながら、シャワールームでマスターベーションをするのが関の山だった。

小学生の頃に体育教師にちょっとしたスパルタ教育を受けて以来水泳（特にクロール）は得意ではなかったが、誰に強制されるでもなく一人で泳いでいる内に、クロールには殆ど力が要らないことに気付き、ゆったりとしたペースで幾らでも泳げるようになった。すると少し胸の筋肉が付いてきた気がした。しかし、そんな私の体を満更でもない眼差しで見ている若奥さんもいる筈だという妄想の方が、筋肉よりも遥かに逞しかった。

自分を支える何物もなく、自信も自己肯定感もまるで持てない時、人は決まって文学に救いを求めるのではないだろうか。一日中受験勉強など出来る筈がないので、思うにこの期間私は結構な時間を文学や哲学への逃避に費やした。社会的に殆ど価値のない人間としてこっそり本を読み、日記を書き、小説の真似事や駄文を書き散らしていたが、それがまた全く形にならず、歯の欠けた歯車のようにひたすら空回りするばかりだった。私は、どんな短い小説も書き終えることが出来なかった。小説の末尾に「了」という一字を記すことに憧れつつ、それを果たすことが出来るようになったのはやっと三十歳を超えてからで、それまでは書き掛けの駄文を積み上げることに終始した。学生時代に一作だけ「居直る男」という短編を書いてＮ１やＮ２の同人誌に載せて貰ったがこれが実に不出来で、彼らの小説や詩とは比較にならなかった。

私の心の支えは、自分よりずっと悲惨で不幸な境遇にあった人々の苦悩の声だった。自分を見舞った「不幸」はどういうものなのかを、文学作品に描かれた数々の不幸に照らして理解し、それによって少しでも楽になろうとした。

なるほど、不幸のなかには抽象と非現実の一面がある。しかし、その抽象がこっちを殺しにかかってきたら、抽象だって相手にしなければならぬのだ。〔カミュ『ペスト』新潮文庫、一九六九年、一〇四頁〕

不幸の抽象性や非現実性など考えたこともなかったが、しかし言われてみると確かに不幸にはそういう側面があると気付かされるのだった。ペスト禍に見舞われていた人々、アウシュヴィッツで全裸にされてガス室へと連行されていく人々、原爆によって被災した人々などが、自分たちの置かれている信じられない状況を見回して感じたであろう一種の非現実感や離人感といったものが、この一文を通してありありと立ち上がってきた。それはどんなに実体がなさそうに見えても、人を死に至らしめる現実的な力なのである。これに対する人間の取るべき態度を、カミュは医師リウーに語らせている。

〔……〕毎日の仕事のなかにこそ、確実なものがある。その余のものは、とるに足らぬつながりと衝動に左右されているのであり、そんなものに足をとどめてはいられない。肝心な

ことは自分の職務をよく果たすことだ。〔前掲書、五〇頁〕

苦悩のレベルは全く違うが、この一見平凡な態度こそ今の自分に最も欠けているものであり、「自分の職務」とは毎日の計画的な受験勉強であると私は納得して、改めて教員採用試験の問題集に向かうのだった。では、アウシュヴィッツのユダヤ人にとっての「職務」とは何か。それは『夜と霧』に述べられている、人としての主体的態度というものに極まるに違いないと思われた。どんなに過酷な状況にあっても、尚自分がその場でどのような態度を取るかということの中に、人としてのギリギリの尊厳が残るのであろう。

そんなことを考えていると、自分の置かれている状況など不幸の名にすら値せず、勉強出来る環境にあること自体が稀有な幸せなのだと思えてきて、自然と背筋が伸びた。私は自分が、決められた内容を計画的にこなしていくこと自体はそんなに嫌いな方ではないらしいと気付き、ただこれに気付くのが遅過ぎただけであって、今後はこの調子で頑張ればきっと大丈夫だという気になった。

しかしふとした瞬間に、彼女とキスした時の唇の感触（それはナメクジの腹のイメージだった）や、自分の内腿が記憶している彼女の内腿の感触（即ちスベスベ感）などが何の前触れもなく頭に浮かぶともう駄目で、私は瞬く間に嫉妬の感情に呑み込まれ、自分を世界一不幸な人間だと思って絶望の淵へと転落してしまうのだった。

すると忽ち勉強が手に付かなくなった。そもそも教員採用試験に合格することなど他者によって下された承認に過ぎず、それは他者依存の価値であって私そのものの価値ではないのだ。そんなものに頼るところが、そもそも自分の弱さの表れではないのか。

> 「人間は、自分一人で、自分に固有な価値を創りだすことができるだろうか？　それが問題のすべてだ」〔カミュ『反抗の論理　カミュの手帖――2』新潮文庫、一九七五年、一四二頁〕

「自分に固有な価値」の創造、これこそが最も大切なことであり、それはオリジナル且つ普遍的な小説を生み出すことでなくて何であろうか。そこで私は早速問題集を押し退け、意気軒昂（けんこう）として創作ノートに向かうのである。そして次の瞬間、万年筆を握り締めたままはたと固まってしまうのだった。

創作ノートに書くべきことが、何一つ思い浮かんでこないのである。

私は時々、出版社が主催する教員採用試験の模擬試験を受けるという名目でフェリーに乗って大阪に向かった。それは牢獄生活からの一時的な解放であり、格好の気晴らしになった。そのフェリーの甲板で海を眺めながら歯を磨いていると、それが滑稽だったのか、ふと気付くと一人の娘が私を見て笑っていた。船旅というシチュエーションによっていつもより大胆になっていた私は、思い切ってその娘に声を掛けた。Hというその娘は、素直で素朴な娘だった。私は彼女と連絡を取り合い、大阪に出る度に会うようになった。思わぬきっかけで新しい彼女を得、私の牢獄世界は格段に華やいだ。しかしこれによって根本的な自信を回復するには至らず、私は絶えず劣等意識に苦しんだ。そして勉強の甲斐あって東京都の教員採用試験に合格してやっと自信を回復すると、東京へと移り住むのを機に私はHを棄ててしまうという挙に出た（彼女は私の脚に取り縋って泣いた）。私は本当に身勝手な男で、人に対しても他の生き物に対しても温かい感情がどこか欠落しているのではないかと思う。その一方で、三十五年経っても未だにHのことを愛おしく思い出すという身勝手さなのだ。親譲りかも知れないこの矛盾した感情は、私の中の一種の恥ずべき分裂を示すものだと思う。

仕事

倫理社会の教員として都立高校に赴任した私は、アパート暮らしを始めた。東京都を受けたのは、私には一般教養が欠けていて、東京都は一次試験に大阪府のような難しい一般教養試験がないというだけの理由からだった。大阪育ちの私は、電車の中で女子高生達が標準語で喋っていることに驚き、町を歩いていて肩がぶつかった時に「どこ見て歩いとんじゃゴルア!」ではなく「失礼」と言って通り過ぎる東京人のスマートさに目を見張った。

私は若い教師として、倫理・現代社会の研究会に所属して研鑽を積んだり、労働組合の青年部長をしたりしてそれなりに忙しく働いた。明石家さんまの影響で大阪弁は受けがよく、生徒からの人気もそこそこあった一方で、遅刻したり欠席したりと勤務態度は極めていい加減であった。倫理社会という教科は、思想、哲学、宗教、青年心理などを扱う性質上、自分の悩みについてレポートを書かせたりといった、生徒の内面に踏み込む課題を出すことが間々あった。しかし今考えると、どこの馬の骨とも分からない教師に自分の秘密の内面を打ち明ける必要などどこにもないわけで、レポートに対する返事は一生懸命書いたものの、随分失礼なことをしていたものだと今では反省している。

ある意味人の道を説くような教科を教えながら、私は相変わらず密かに変態で、私生活では人の道から外れることも度々だった。アパートの和式便所に放った大便を発作的に握り潰したり、雨の中を濡れつつズボンの中に放尿しながら歩いたり、尻の穴にウィスキーの瓶の口を突っ込んで飲酒したりといった愚行に花を咲かせ、それらは恰もそうすることが義務であるかのよう律儀さで行われていたのであった。即ちそれは母の言う「世間」などの思い通りになりたくないという断固たる逸脱志向であり、また「文学を志す人間は、人と同じであってはいけません」というT先生の箴言（しんげん）の私なりの実践なのだった。

ある日私は駅前のソープランドへ行った。

小柄な女が出てきて、話すととても気が合ったのでアパートの電話番号を教えたところ、一ヶ月後に電話が掛かってきたのでデートした。するとそれから暫くして、彼女は私のアパートに転がり込んできた。M子というその女は私が全く知らない世界の住人で、ヤクザと繋がりがあり、覚醒剤の経験もあった。教養は全くなかったが性格は明るく、一生懸命なところに惹かれるものがあった。何よりM子ほど私の母の期待を裏切る存在はないと思えた点が、私をして彼女との同棲生活へと踏み切らせた最大の誘因だった。どうやら私以外にも男がいたり、仕事上のトラブルがあったり、まだ覚醒剤をやっていたりとM子との生活はトラブル続きで、しかし職業柄性のテクニックは卓越していて、私は散々翻弄された。そんな中で何とか時間を見付けて教材研究や勉強をしていたが、教師や学問の世界とソープ嬢との爛(ただ)れた生活というこのギャップが、私には時に耐え難く、そして時に途轍もなく素晴らしいものに思えて病み付きになった。やがて私はM子と結婚の約束までするようになった。ある日、様子がおかしいことに気付いた母が私に会いに上京して来た。私は母にM子の存在を言葉だけで告げたが、さすがにソープ嬢とは言えず喫茶店の店員だと嘘を言った。高卒だとも言ったがM子は中卒だった。後に聞いたところでは、母は私がM子に「引っ掛かった」のは東京の一人暮らしが寂しかったからだろうと思ったという。それは実に冷静で客観的なものの見方で、母らしからぬ判断だと私は思った。本当は世間に顔向け出来ない、絶対に許さんと思っていたに違いないと思ったが、その一方で母にはいざとなったら息子や父に対する支配権を簡単に手放して、完全に本人の意思に任せるようなドライな一面もあるのかも知れないと、私はその時初めて思った。それはそれで心許ない気持ちがして、結局私の方が母親離れ出来ていないのかも知れないと思うとゾッとした。しかし結局事の顛末は、結婚の約束を私が一方的に破棄し、M子がホテルでざっくりと手首を切るという形で終わるのである。M子の傷は酷く風呂場の床が真っ赤に染まるほどだったが、彼女は断固として医者に行かず、縫わずに放置された傷口は大きく盛り上がったまま癒えていった。ある日M子はヤクザの男を階下に待たせてアパートの二階の私の部屋にやって来て、寝ている私の上に跨(またが)って首を絞めてきた。「結婚の約束を果たさなかったら殺す」という彼女の言葉を私は事前に呑んでいたので、殺されても仕方ないと思いつつ、息が苦しくなると思わず彼女の体を蹴り飛ばしてしまった。小柄なM子は吹っ飛んで激しく壁に激突し、アパート全体が揺れた。

最終的に我々は穏便に別れることになった。別れた理由は結局のところ、私の内面に巣食った母の価値観にM子が合わないからだった。私は結局母の支配から逃れられず、心の奥底では最初からM子などとんでもないと思っていたのである。寧ろ、そう思っていたからこそ同棲したのであり、自分から進んで母の価値観にそぐわない道を選んでは、ギリギリまで行って怖くなって引き返すというパターンを繰り返しているだけなのだった。このパターンはこれ以降も断続的に続くことになる。そして今後も私が何か愚かな真似を仕出かす可能性は、ゼロではなかろうと思う。しかしそもそも還暦を迎えて母の支配も何もないではないか、いい加減にしろという話ではある。どうして私の場合、かくも全てが安っぽいものになってしまうのだろうか。「三つ子の魂百まで」というのは本当だとつくづく思う。立派な人間はきっと子供の時から立派で、その逆もまた真なのだ。

M子が出て行くことになった朝、アパートの外で、近所の高校に登校する高校生たちを横目に私は彼女に一つの頼みごとをした。私は彼女にこう言った。

「お前とのこと、小説に書いてもええか?」

すると彼女は「いいだあよ」と明るく答えた。

そんなおどけた喋り方をする女だった。

東京で三年間勤務した後、私は大阪府の教員採用試験を受けて合格し、大阪に戻ってきた。そして府立高校に赴任し、三十二歳の時、真面目でしっかり者の、明るい女性と結婚した。高校で八年間勤めた後、希望して支援学校（知的障害・中学部）に異動する。そして五十三歳で早期退職するまでに、二校の支援学校で十六年間勤めた。

三十代の私は、表面的には安定した生活を送っていたが、内面的にはある意味最も悶々としていたかも知れない。私は「書く」ということに益々取り憑かれ、しかしどこにも出口が見出せずに身悶えていた。

府立高校ではY先生という国語の教師がいて、彼は職場で文学の同人誌を作っていた。特に合評会などをするわけでもなく、書きたい教師が自由に書いて百部ぐらい印刷して配るという、緩い感じのものだった。ある時、私は彼に「何か書いてみませんか」と声を掛けられた。小説にまだ「了」が打てない段階だったが、良い機会だと思って私は承諾した。ある意味、これは私にとってエポック・メイキングな出来事となった。私はこの時久し振りに、自分が書いた小説を人に読んで貰うという機会を得た。私は勇んで筆を執り、散々悩んだ末に「居候」という短編小説を一本書き上げた。東京でM子と別れた後、一時期アパートに高校の卒業生を一人居候させていたことがあり、その顛末を書いたものである。これを書き上げた時、私は「居直る男」以来ほぼ十年振りに原稿の末尾に「了」を打つことが出来た。そして私は、要するに自分に欠けていたのは作品を発表する場ではなかったか、と思った。しっかりと「了」が打てるようになるためには締め切りなどの何らかの「外圧」があった方がよいということに気付くまでに、十年掛かったわけである。そして驚いたことに「居候」は評判が良かった。Y先生のみならず、他の国語教員やその他何人かも「面白かった」と言ってくれたのだ。自分の書いた小説が「面白い」と言われること以上に、書き手にとって嬉しいことがあろうか。私はすっかり舞い上がってしまい、その後も毎回この同人誌に短編小説を書かせて貰うことになる（「蒼穹」というこの同人誌は年三回、学期毎に出ていた）。「居候」が、私がそれまで書いた中で最も出来の良い小説だったのは言うまでもなく、それどころかその後に「蒼穹」に書いたどの小説よりも優れていたと思う。それはつまり他の小説は数日間で書いたのに対して、この小説だけは、「居直る男」以来十年の歳月を掛けて書いたということではなかったろうか。それだけに愛着もあり、私は後に作家デビューしてからこれを改作し、「群像」二〇〇五年七月号に同タイトルで掲載して貰った（素人時代の作品が原稿料を得たことに、私が密かにほくそ笑んだのは言うまでもない）。

暫くすると、他校から一人の「小説家」が異動してきた。三咲光郎（みさきみつお）というペンネームのこの教員は、「堺自由都市文学賞」の受賞者だった。本格的な小説の書き手と接したのは初めてで緊張したが彼は実に気さくな人で、素人の私の質問にも丁寧に答えてくれた。

やがて私は彼から刺激を受けて「公募ガイド」を買い求め、掌編小説や短編小説の公募に応募しようと考えるようになった。そして実際に幾つかの地方の文学賞に応募してみた。するとたまたま一次選考通過という結果を得た。私は驚いて早速三咲光郎氏に訊くと、一時選考通過というのは「一応小説の体は成している」ということらしかった。それでも私は、たとえ一次選考であっても公の場で最低限度認められたことに驚喜した。そして益々調子付いて応募するようになった。しかし書けば書くほど分からなくなるのが小説というもので、やっと息を止めるようにして最後まで書けるようになると、今度は「了」を打った途端にその作品がこの世で最も下らないものに思え、実際文学賞に応募しても結果は散々で苦悩は深まるばかりだった。私にはプロ作家としてデビューしたいという希望などはなく、ただ自分の書くものが自分の最も深い部分から汲み上げられた何かであって欲しいとひたすら願う類の、書くという営みに取り憑かれた一介の文学好きに過ぎなかった。

〔……〕ぼくの心に浮かんでくるすべてのものが、ぼくの根から浮かんでくるのではなく、どこかせいぜいその中程のところから浮かんでくるのだ。〔『決定版　カフカ全集7　日記』新潮社、一九八一年、一一頁〕

カフカの日記は就職浪人時代からずっと心の支えにしていて、それは書くことに対する矜持と絶望を綴った、書くことに魅入られた孤独な精神の告白である。

自分が道に迷うかもしれないという危険は感じていないが、孤立無援で局外に立っているとは感じている。しかし、まったく取るに足りないものしか書けないにもせよ、書くことがぼくにもたらしているこの確乎たる態度は、疑いの余地のない驚くべきものだ。ぼくがきのう散歩のおりにそこら中を見渡したその目付き！〔前掲書、二四二頁〕

他の何をしている時よりも書いている時こそ確固とした態度でいられるというこの感覚は、私には分かり過ぎるほど分かった。他の何をしている時よりも、唯一ノートや日記に物を書いている時にのみやっと深々と息をすることが出来るのである。

しかしまた、書くことほど心許ない営みもない。

書くということの自立性のなさ。火を入れている女中、暖炉でぬくまっている猫、暖をとっている哀れな年老いた男にすら依存していること。これらはみな自立した、自身の法則に支配された活動である。ただ書くことだけが寄る辺がなく、自身のうちに安住せず、冗談であり、絶望なのだ。〔前掲書、三九四頁〕

それでも彼は書かずにいられない。

まったく長いあいだ何も書かなかった。明日から始めよう。そうでないと、ぼくは、とど

めがたくどんどん広がってゆく不満のなかにふたたびはまりこんでしまうだろう。〔前掲書、二〇二頁〕

それにしても書かずにいられない人間は、どうして書かずにいられないのだろうか。

側頭葉の何らかの異常によって現れる「ハイパーグラフィア」という「書かずにいられない病」があるのを知ったのは、最近のことだ。私は自分がハイパーグラフィアであるかどうかは知らないが、たとえば日記に書くことがなくなった時に喫茶店のメニューを丸写ししたりする行為などを考えると、「大量の駄文創造につながりかねない異常現象」〔アリス・W・フラハティ『書きたがる脳　言語と創造性の科学』ランダムハウス講談社、二〇〇六年、七四頁〕という点では当て嵌まる気がする。

私は文字そのものに惚れ込んでいて、出来れば家の壁や床や自家用車のボディの全てを自分の手書き文字で埋め尽くしたいなどと妄想する人間であるが、これは一種の病気なのだろうか。

文字は画像であり、基本的に絵と変わらないと思っている。従って書き順も滅茶苦茶で、絵を描くように文字を書いているようなところがあるのだが、私には滞りなく延々と空想的な風景や建造物の絵を描き続ける特技（？）があって、従って文字も絵と同じようにどこまでも無限に書きたくなるのかも知れない。そう言えば私の書く文字を見て、「ふざけて書いてるんでしょ」と言った女性がいたが、勿論ふざけてはいないが愉しんではいる。

しかし文章（特に小説）となるとそう簡単にはいかない。この本の中に取り上げられている「ライターズ・ブロック」、即ちどうしても書けないという現象は、「書きたがる脳」を著しい欲求不満に陥れるものとして度々襲ってきて、今でも私は頻繁にこれに苦しめられる。

ぼくは毎朝、敬虔（けいけん）な気持ちでデスクに向かい、八時間座り続ける――座っているだけだ。この八時間の労働時間中、三行の文章を書き、デスクを離れる前に絶望して消す。ときには、頭を壁に打ち付けたくなるのをあらん限りの力を振り絞って我慢する。口から泡を吹いて泣き喚（わめ）きたいが、赤ん坊と妻を怯えさせると思うとそれもできない。こんな絶望的な危機に落ち込んだあとは、何時間もうとうとするが、そのあいだも書こうとして書けない物語が意識から離れない。そして目覚め、再び試み、へとへとになってベッドに入る。こうして何日も過ぎ、何も書けない。夜、眠る。朝、目覚めると、またも徒労の一日に耐えなければならないかと恐怖と無力感に苛（さいな）まれる……。〔前掲書、一一〇―一一一頁〕

これはジョゼフ・コンラッドが友人に宛てた手紙の一部であり、何とも恐ろしい。一見相反するような「ハイパーグラフィア」と「ライターズ・ブロック」は、意外なことに脳の状態としては相互補完的な関係にあるらしい。私の場合は、小説が書けない恨みを日記の中に延々と書き連ねることで書けない欲求不満を解消しつつ、その営みの中で自分が書きたい小説の輪郭を探っていくというパターンが多い。勿論上手くいかない場合が殆どだが、日記を書き続けている内に小説の核となる言葉が不意に出てきたりすることもないではない。しかし、だからと言ってそれで小説が書けるかと言うと、そう簡単にはいかない。幾ら大量に日記を書いても何一つ書きたいことが浮かばないこともある。そんな時は、自分には本当は書きたいことなど初めからなかったのだという事実を突き付けられる。そうなるといっそ創作などという曖昧で不健康な営みなど、完全に放擲（ほうてき）してしまいたくなるのだった。

平凡な、日常的な仕事に溺（おぼ）れたい誘惑。［前掲『反抗の論理　カミュの手帖――2』、一五七頁］

端緒

例えばどんな絵が好きかと言うと、余りに上手過ぎる絵よりもどこか下手な絵、頑張れば自分でも描けそうな絵、落書きみたいな絵に私は惹かれる。それは、そういった絵が「あ、こんなものでよかったのか」と思わせてくれるからで、気持ちがグッと楽になり創作意欲が刺激されるのである。ピカソは喫茶店でマッチ箱の裏に絵を描いても、それは立派にピカソである。その自在さと自由さがピカソの魅力であり、絵というものは、ふざけた漫画みたいな線描画でも幼児の殴り描きみたいなものでも全然構わないのだという「許可」を、その生涯をかけて全人類に与えた点がピカソの最大の功績だったと私は勝手に思っている。即ちピカソは我々に絵そのものを解放したのである。

小説においても、私はこれと似たような捉え方をしているところがある。三島由紀夫の小説は素晴らしいと思うが、完成度が高過ぎて私にはちょっと敵いそうもない気がする。その点、三島由紀夫が一目置いたという深沢七郎の小説を読むと、「こんなもので構わないのだ」という「許可」が与えられた気がして、肩の力が抜けて格段に自由度が増すのである。

沢山書いた売れっ子作家ほど、作品量に比例して駄作が多いのは当たり前かも知れない。ところで、駄作に接すると私はホッとした。失敗を恐れずにどんどん書けと言われた気になるからである。しかしどんなに「許可」が与えられようと、いや寧ろ「許可」されればされるほど、いざ原稿用紙に向かうと何も出てこないことに変わりはない。

一日中机に向かってやっと原稿用紙二枚〜四枚書くのが限度だったという谷崎潤一郎、どこへ旅するにも書き掛けの原稿用紙を携えて書きながら旅をしていた檀一雄など、作家達は夫々に流儀を持つが、そういうことにも私はいちいち憧れた。しかし休日に谷崎のように一日中書斎に籠もろうと、檀一雄のように出先に原稿用紙を持っていこうと、せめて一枚ぐらいはちゃんとしたものが何か書けてもよさそうなものなのに、出てくるのは浮付いた、自分のものではない、嘘の言葉ばかりなのだ。無理やり搾り出して何か書いてみても、それはまるで汚物のようで、決まって握り潰したくなる。そういうものを文学賞に応募しても結果は勿論散々で、特に文學界新人賞のように原稿用紙百枚の中編になると、最後まで物語を支え切れなくなって決まって途中で破綻した。

そんな私にも憧れの小説のようなものはあり、島尾敏雄の『死の棘』などはその最たるものだった。大学時代の彼女がまだ忘れられなかった東京の教員時代に、私はこの小説にどれほど慰められたことか。苦しみの一つ一つを言葉にしていくことで苦しみに輪郭を与え、それによって苦しみを封じ込め、言うなれば「苦悩博物館」の中の陳列棚にそっと並べていくようなこの小説の筆の運びに、私は甚く魅了された。人間の狂いの様の滑稽さに、時に笑い、時に泣き、そしてふと気付くと自分自身の嫉妬の苦しみもこの「苦悩博物館」の片隅にそっと並べられていて、いつの間にか私の傷口は薄らと新しい皮によって覆われているのである。

こんなものが書きたいと、私は心からそう思った。

そこで私は、ソープ嬢M子との日々を小説に書こうと試みた。しかし上手くいかなかった。

何度挑戦しても駄目なのである。M子を描いているつもりが、そこに現れてくるのは少しもM子ではなかった。何かが私の筆をブロックしているに違いなかったが、それが何なのかはよく分からなかった。

私は殆どSF小説を読まない。それはSF小説は難しいという思い込みがあるからである。実際ウィリアム・ギブスンの『ニューロマンサー』などは、私には難解過ぎてほんの数十ページで投げ出してしまった（尤もサイバーパンクもの自体は好きで、映画『マトリックス』は何度も見た）。小説に比べてSF映画はよく見る方だったが、ロードショー系のアメリカ映画が中心だった。ところでその頃の私には、ハリウッドのSF映画に大いに不満があった。それは『インデペンデンス・デイ』に代表される人間至上主義的なストーリーに対する不満だった。宇宙から地球侵略にやって来た時点で、地球人より宇宙人の方が遥かに優れた科学技術を持っている筈である。にも拘わらず、アメリカ大統領が指揮する戦闘機編隊が宇宙人の母船を攻撃して勝利し、大統領が「イエイ」と親指を立てるという余りにも馬鹿馬鹿しい展開に私は唖然とした。そんなわけで私は、侵略してきた宇宙人にコテンパンに叩きのめされて絶滅していく地球人類、というストーリーを常に夢想していた。

ある日「公募ガイド」を見ると「京都大学新聞新人文学賞」というのが目に留まり、原稿用紙三十枚の小説を募集していたが、締め切りまで余り日がなかった。選考委員は数学者の森毅（つよし）と、英文学者の若島正（わかしまただし）だった。私は書き掛けの作品が保存されている小説用のフロッピーディスクを漁り、その中から原稿用紙十五枚まで書いていたものを一つ選び出した。それは、ある日突然宇宙人が地球に攻めて来るという前半部だけを書いて放り出していたもので、後半部に滅び行く人類の狂態を書き加えれば締め切りに間に合わせることが出来るかも知れないと考えた。すると俄然やる気が出て、とにかく人類の思い上がりを叩き潰してやろうという意気込みで後半を書き上げ、「国営巨大浴場の午後」というタイトルを付けて締め切り前に投函した。勿論こんな馬鹿げた代物は文学ではないと思っていたから、終始気楽な気持ちで取り組んだのだった。

ところが驚いたことに、これが受賞したのである。

人生の中で、この時ほど嬉しかったことはないかも知れない。何よりも、森毅と若島正という一流の知性に認められたことの喜びが大きかった。同時にこんな内容の小説であっても文学作品として評価されたことが、不思議でならなかった。

　京大生が賞金の十万円を手渡しにやって来て、私は喜んで受け取った。この時は、東大の五月祭賞を受賞して東大新聞に「奇妙な仕事」が掲載された大江健三郎にでもなったつもりでいたが、すぐにこの受賞は作家デビューには全く結び付かない単発の打ち上げ花火であることが分かった。しかも私の頭の中は、あくまでこの作品は私の中では例外であって、こんなふざけた物とは違う本物の文学作品が書きたいという思いに益々膨れ上がった。受賞自体は嬉しく、この経験はその後何年もの間「心の杖」にはなってくれたが、私が書きたい小説はこれではないという思いは強く残った。

　しかしそもそも「本物の文学作品」などというものを想定している時点で、私は袋小路に迷い込んでいたのだと思う。

　大体において「本物の文学」とは何なのか。そんなプラトンの「イデア」のようなものが一体どこにあるというのか。例えば島尾敏雄の『死の棘』は本当に、苦しみを「苦悩博物館」に陳列していくような文学的厳粛さにその価値があるのだろうか？　そんなものは、嫉妬に苦しんでいた私が勝手にでっち上げた虚像に過ぎないのではないだろうか。実際にはこの小説はもっと実体のない、何か正体不明の、人間の無意味な狂態を描き切った文学的畸形(きけい)のような代物ではないのか。「本物の文学」など、結局母の言う「世間様」のようなもので、頭で造り上げただけの捏造物なのではないのか。

解放

私は「忠犬」というのが苦手である。

家に忠犬が一匹いると、それはきっと主人の自由を奪うだろう。主人思いの立派な犬の前で、どうして無責任でいい加減な飼い主でいられようか。それではまるで忠犬という「世間様」がずっと家の中にいて監視の目を光らせているようなもので、息が出来ないのではなかろうか。

私が好きなのは、いい加減な犬である。中学時代に飼っていたチコという小型の雑種犬は頭が悪く、落ち着きのない素晴らしい犬だった。「大邸宅」には家の中とは別に外にもトイレがあった。私が外のトイレに入ろうとするとチコが付いてきたので中に入れてやり、私は大便をした。ふと気付くと、チコが和式便器に顔を突っ込んで私の大便を食べているではないか。私は爆笑した。尻を拭いて外に出ると、口の周りを私の大便で茶色に染めたチコが、千切れんばかりに尻尾を振りながら私を追い掛けてきた。私は堪らず逃げ出し、我々は庭の中を走り回った。私は自由で、チコも自由で、空は雲一つなく晴れ渡っていた。

私は現在、うーちゃんというウサギを一羽飼っている。ある日私は猛烈にお腹が痛くなり、冷や汗をかきながらのた打ち回った。尿管結石だった。救急車を呼び、私は救急隊員によって担架に乗せられ仕事場から運び出された。その時、玄関土間のケージの中にいるうーちゃんをチラッと見た。ところがうーちゃんは、ご主人様の一大事にも拘わらず私の方など見向きもせずいつものように平然と牧草を食べていた。私は思わず心の中で「それでいいぞうーちゃん！」と喝采を叫んだ。うーちゃんは自由で、うーちゃんに見向きもされず救急車の中で激痛の余り吐いていた私もまた、自由だった。

文学作品もまた忠犬である必要はなく、チコやうーちゃんであって一向に構わないのではなかろうか。

このことに気付くまでには、今暫くの時間が必要だった。

私はインドに二回旅行したことがあるが、その印象は忘れ難いものだった。牛の糞まみれのカルカッタの町並み、町全体を覆う強烈な臭い、路上の筵（むしろ）の下に横たわる死体、路上で立ち小便をする女性、畸形を売り物にする乞食といった光景には、質、量共に母を発狂させるに充分な威力があった。もし母をカルカッタの町に放り込んだら、恐らく数秒ともたずに爆死することだろう。それこそが自由の持つ破壊力だと思った。

日本でインドに近い空気感のある場所と言えば、日雇い労働者の町、大阪の釜ヶ崎である。私はいよいよ創作に行き詰ると、強力な磁場に引き寄せられるように決まってここに足を運んだ。一泊五百円の宿に泊まった時は、押入れのような上下二段のベッドの下段が私の寝床だった。上のベッドのおっさんが寝返りを打つ度に上から砂埃が降ってきて、おっさんのすかしっ屁を聞きながら眠った。ある時私は何か掴めるかも知れないと思い、通天閣の下の「餃子の王将」の床に落ちていた錠剤を拾い、何の薬か分からないままに宿でウィスキーと一緒に飲み下した。その時私は、三咲光郎氏に遺書めいた手紙を書いた。かなり行き詰まっていたのである。

幸い死なずに済み、後で薬の種類を調べてみると皮膚病の治療薬だった。

釜ヶ崎にはゲイ専門の映画館やサウナ風呂があり、オカマバーがあり、少し離れた場所には女郎屋が集まった飛田新地（とびたしんち）もあるという素晴らしいロケーションで、私はそれらをつぶさに回りながら自分を実験台に供しては、ここでしか得られない滋養を蠅のように貪欲に吸収するのが常だった。

ある家の前に、一枚の貼り紙があった。

あきよのいつもつばをかける丸坊主の男の人何ぼでもかけて下さい

「あきよ」とは店の名前か女性の名前か分からないが、毎日のように唾を吐き掛けられている人間の歯軋りするような肉声が聞こえてくるようだった。

路上には尻を丸出しにしてその割れ目から金玉袋をはみ出させたおっちゃんが酔い潰れていて、映画館では後ろから誰かの小便が流れてきて靴底を濡らした。サウナの休憩所には沢山の布団が敷き詰められていて、裸で絡み合うカップルの性の営みを至近距離から裸の男達が入れ替わり立ち代り観察していった。飛田新地には目を見張るような美人が道往く男達に媚を売っていたが、いざ店に上がってみるとひどく背が低かったり、思っていた顔と違っていたりして衣装と照明にまんまと騙されたと分かったが、後の祭りだった。女郎屋街には若い女の通りもあれば、完全にとうの立った年増女の通りもあった。街角の立ちん坊はよく見ると男で、ストッキングの中で脛毛が渦を巻いていた。彼に付いてオカマバー行くと、無理やりキスを迫られた。ある日、キリスト教の教会に入って行くと労働者達が真剣に説教を聴いていた。私は感心すると同時に失望もした。しかし彼らのお目当てが説教の後のカレーの炊き出しであったことを知るや、俄然元気が出た。流れで私も頂いたが、カレーは思ったよりずっと美味しかった。

釜ヶ崎では瞬間瞬間に、あちこちでてんでバラバラの出来事が生起している。そしてその一つ一つに強烈なインパクトがあった。しかしそれらは互いに結び付いて何か意味ある全体を構成しているわけではなく、夫々が自由で勝手気儘に行われているのだった。この町は私に何も押し付けてこなかった。私が唯一釜ヶ崎で人からの指示を受けたのは、立ち飲み屋でなみなみと注がれた酒のグラスを手に持って口に運ぼうとしたところ、「兄ちゃん、口から行くんや口から！」と言われた時だけである。確かに口からグラスに吸い付けば、一滴も零さずに済むのだった。あとは人が何をしようと、彼らは何一つ咎めることもなければ関心を示すこともなく、ケージの中のうーちゃんのようにただ自分のことだけをしていた。この束縛のなさが、彼らをこの町に惹き付けて止まないのだろう。ここでは働くも自由、働かないも自由、そして生きるも死ぬも自由だった。それは即ち全てが等価値であり、全てに意味がない世界ということなのではなかろうか。意味とは要するに束縛なのである。ここには「世間」というものが存在せず、その代わりにＮ１やＮ２がニヒリズムと呼んだもの、つまり虚無と無意味とが滾々と溢れ返っているのだった。

年の瀬になって、私は締め切りの十二月三十一日（消印有効）まで二週間しかない文學界新人賞に応募することに決めて執筆を始めた。あれこれと迷っている暇はなく、思い付いた言葉やシーンをとにかく吐き出していくことにした。その時頭の中にあったのは、終末的な光景の中で加速度的に異形化していく人類の姿だった。「本物の文学」などはどこかにすっ飛んでしまい、路線的には「国営巨大浴場」的な漫画チックなものにせざるを得なかった。なぜならもう時間がなく、私は意味不明の絵なら幾らでも描けたので、それと同じ落書き感覚で書き進めていくしかないと思ったからだった。それともう一つ、前回の選評で、選考委員がとにかく強烈な「爆弾」を求めていると分かったので、それならば一つ滅茶苦茶なものを書いてやろうと思ったのも私をこの愚挙に踏み切らせた理由だった。

　書き進めていく内に、私の中で長年引っ掛かっていた暴力、虐殺、人類という種の残虐性、嫉妬、無意味、虚無といった問題が次々に盛り込まれていくことになり、次第に筆に加速度が付いてきた。しかし同時に、幾ら何でもこんなものはとても文学作品とは言えない、これでは完全に漫画ではないかという気持ちも大きくなっていった。従って、書き上げた時に満足感のようなものはなく、当時の日記には「この作品は愚作である」「小説完成百七枚。題名は『無意味一筋人類史』としたが、これでよいのかどうかは分からない。全体的に内容が稚拙な気がして、これでは何を書いたことにもならないのではないかと思っている」などと書かれている。「クチュクチュバーン」というタイトルに変更して投函し、その後この作品のことはすっかり忘れてしまった。

　ところが翌年の三月中旬に、「クチュクチュバーン」が最終選考に残っているという電話が文藝春秋からあり、そして最終的にこの作品は長嶋有（ながしまゆう）氏（「サイドカーに犬」）と共に第九十二回文學界新人賞を受賞したのだった。雑誌掲載のためにデータを要求されたが、私は保存していた筈のフロッピーディスクも失くしてしまってる始末で、面目ないことであった。

選評は概ね好意的であった。

結局私が書いたのは、意味のないものだったと思う。意味のなさも、徹底させるときっとインドや釜ヶ崎のように解放的で自由なパワーを持つのに違いない。それから随分と月日が経ってからこの小説を読み返した時、私はこのようなものは今の自分には書けないと思った。受賞したのは四十歳の時だったが、私はきっとこの小説を完成させるまでに二週間ではなく四十年掛かっていたのである。私の人生において、この先そんなに長い年月を掛けて書かれる小説は存在しないに違いない。デビュー作というのは、そういうものなのではないだろうか。

Ⅵ

狂

狂気

私は狂気というものに対してずっと憧れていた。母が取り憑かれていた「世間様」が常識や普通の極北であったとすれば、狂気こそその対極に位置するものと思われたからである。そしてそれにも増して重要な理由は、狂気が「向こう側の世界」に触れている気がしたからだった。しかしひょっとすると、「世間様」に異様に固執する母こそが狂気と最も親和性が高い人格だったのかも知れない。

アウシュヴィッツで母と妹を失い、ブッヒェンヴァルトで父を失った作家エリ・ヴィーゼルの小説『幸運の町』〔みすず書房〕のエピグラフに引用された、ドストエフスキーの次の文章を見たのは高校一年の時だった。

ぼくにはもくろみがある。——気違いになること。〔前掲書、一九七三年〕

私はこの時初めて、自ら意志して狂人に「なる」という道があることを知った。もし狂気が不可抗力に罹患する病気であるのみならず、意志して自らを投げ入れる主体的な「実存の仕方」でもあるなら、絶対に試してみない手はないと思った。従ってこれ以降、この言葉は私の生の指標となった。しかし(薄々分かっていたことであるが)、狂気という「型」に自分を合わせようとする試みは「即自存在」たろうとする全ての「投企」がそうであるように、挫折することが運命付けられているのだった。従って、高倉健の任侠映画を見た観客が全員高倉健となって映画観から出てきたり、矢沢永吉のコンサートの観客が全員矢沢永吉になってアヒル口をするのと同じように、私の目論見は決まって無様な失敗に終わった。しかし現実にはどんなにダメダメであっても欲望し続けざるを得ないのがこの手の欲望の手に負えないところであり、私の無観客の独り舞台「森に棲む頭の狂った裸の魔女」はその後も延々とロングランを続けるのである。

多くの小説家や詩人が隠れて読んでいて、そのエキスをこっそり自らの作品に採り入れている本があると私は踏んでいて、その中の一冊は間違いなく精神療法家セシュエーの『分裂病の少女の手記』〔みすず書房〕ではないかと思う。精神病の専門書はおしなべてどこか文学的なところがある気がするが、その中でもこの「手記」はずば抜けて文学性に富んでいるのである。後半はセシュエーの「象徴的実現」という精神療法についての専門的記述であるが、中盤までを占める患者ルネの手記の、特に彼女が現実感を失っていく課程の描写は圧倒的に素晴らしい。回復直後に記録されたという手記は生々しくリアルで、読むだけで狂気へと至る過程を追体験出来るかのようである。本屋で初めてこの本を手に取った時、表紙の写真に私は釘付けになった。鉄格子の向こうにいる虚ろ（うつ）な目をした少女が、鉄格子の外に出した両手の指を組んで小首を傾げている写真で、それは私が思い描いていたヒロインそのものだった。

朝の七時半頃学校へ行く途中でときどき同じようなことが起こりました。突然、街はぎらぎらと輝いている太陽の下に果てしなく続く真白なものに変り、人々は蟻塚の中の蟻のように右往左往し、自動車は目的もなく、あらゆる方向にぐるぐる回っており、遙か彼方ではベルが鳴り響いていました。あらゆるものが、例の枯草の中の針の夢に現われる緊張状態とそっくりの極端な緊張状態にあって、停止し、待ち受け、息をつめているように思われました。それはまさに何事か、何か尋常でない破局が起ころうとしているようでした。私は圧倒的な恐怖感におそわれて立ち止って何事か起こるのを待ち受けずにはいられませんでした。しかし実際には何の変化もなかったので人々や事物の無感覚な活動を再認識して、再び学校への道をたどるのでした。〔前掲書、一九七一年改訂版、一五頁〕

〔……〕私は深い霧の中で道に迷い、サナトリウムのまわりをぐるぐる回っているのに、サナトリウムはどうしてもみつかりませんでした。そしてその間に恐怖はどんどん増大してゆきました。やがて私は風がこの恐怖感を感得させるのだということを悟りました。霧の中に立っている大きな真黒な木も恐怖感を呼び起こしましたが、なんといっても風の方が主でした。そしてとうとう私は風の伝えるメッセージの意味を把握しました。北極から吹いてくる凍りついた風は地球を粉微塵に破壊しようとしていたのです。あるいはそれは、地球がまさに荒廃に帰そうとしているという前兆であり暗号であったのかもしれませんでした。〔前掲書、一八頁〕

私は何度もルネの目になって周囲の風景を眺め回し、彼女の感じた非現実感を感じ取ろうと試みた。しかし勿論「現実」は何ひとつ変化しない。私は生来鈍感で、「現実」は確固とした難攻不落の城塞でしかなく、もしこれが「非現実」へと変化するのであれば是非ともその光景を見てみたいと思ったが、どうやっても世界は見たまま聞いたままのものであり続けるばかりだった。

ところで、私にとっては夢のような世界を描いたこのルネの手記を「俗悪な三文小説」とこき下ろした精神科医がいる。クラウス・コンラートである。彼はその著書『分裂病のはじまり』〔岩崎学術出版社〕の中で、『分裂病の少女の手記』について次のように述べている。

この体験報告を隅から隅まで読んだ私の見解は、分裂病体験の確実なしるしはただの一つもなかったというものである。逆に最初から最後までが重症の神経症であるということを確証すると私は思う。そして、ヒステリー性の産物が大小とりまぜて至るところにある。

〔前掲書、一九九四年、三〇〇頁〕

つまりコンラートの見立てでは、ルネは統合失調症ではなく「神経症、といっても重症・悪性のヒステリー」〔前掲書、三一二頁〕ということになる。そして先の「北極からの風」の部分について、彼は以下のように分析する。

ところが、途中で霧に巻かれて道に迷ってしまう。(大風だったのに) きっと相当の霧だったのであろう。ここで風のメッセージの意味が (不安になった彼女の中に) 浮かび上がる。「北極からの氷のような寒風が地球を粉砕して、大気の中にまき散らしてしまおうともくろんでいるのかもしれない。ひょっとすると、この風は警告であり、兆候であって、地球が爆発する知らせだったのかも……」。なるほど「世界没落体験」が生じてはいるけれども、これは絶対に分裂病性の世界没落体験ではなく、若い神経症女性の幻想である。この「世界没落」は頭で考えたものであり、この女性の重症神経症性の「世界不安」の現れたものであって、分裂病者だけがよく正確な表現をなしうる、あのきわめて特異的な体験ではないのである。［傍点原文ママ］［前掲書、三〇二頁］

「幻想」「頭で考えたもの」とは！　ルネが何かを参考にして幻想を組み立てたのではないかと、コンラートが疑っているかのような個所もある。

ルネはある時、「システム」の「命令」どおりに右手をオーヴンの中に突っ込んで焼かなければならなくなるが、これはビンスワンガーの分裂病患者「症例イルゼ」そっくりの話である［……］［前掲書、三〇八頁］

恰もルネが「症例イルゼ」を真似たかのような書き振りである。実際彼は、手記の中でルネが「実存」という言葉を用いているのは、ルネが退院したのと同じ一九三八年に出版されたサルトルの『嘔吐』を読んで、後から加筆したものだろうと述べている。

それではルネの症状は、本当に彼女自身が創り上げたものなのだろうか。

> **ルネのような自己記述**をするのは**部外者**だけでなかろうか。ルネはずっと外から自分を眺めている。彼女は、分裂病患者が決してできない、あの「乗り越え」ができるひとである。彼女は精神医学の術語もけっこう拾い集めて、よく応用する。［傍点原文ママ］［前掲書、三〇九頁］

> 「乗り越え」とは、自分が静止していると感じていた電車の乗客が、窓外に目をやった瞬間に自分が動いていると感じるような、状況を第三者の眼で見ることで行われる切り替えのことである。しかし分裂病者はこれが出来ず、全てが自分に向けられると思ってしまう。ちなみに「乗り越え」の喪失は、患者自身には意識されないとされる［前掲書、八八頁、三〇九頁］。

結局、コンラートの『分裂病少女の手記』の総括はこうなる。

この症例を鬼の首でも取ったかのように分裂病の精神療法可能性の証拠に祭り上げるのは

控えていただきたいというのが私の見解である。神経症、といっても重症・悪性のヒステリー――この例はこれだと私は確信するが――の治療という問題には、この著者の叙述、さらに象徴的実現という新方法は、その価値を失わないであろう。しかし、分裂病の世界は、残念ながら、シンデレラが善意の妖精によって魔法を解かれるというほど甘くはない世界である。〔前掲書、三一一―三一二頁〕

しかしルネが統合失調症ではなく神経症であったとしても、私にとってこの手記の価値は少しも変わらない上に、遥か手の届かない場所からルネがグッとそばに近付いてくれた気がして寧ろ嬉しく思うほどだった。そしてコンラートのお陰で、この手記がなぜこれほど文学性が高いのかも理解することが出来た。つまりはルネは、文学に必要不可欠な自分を客観的に観察する「部外者」の視点を持った本物の文学者ということではないのか。私はこのルネという不思議な人格に、より一層の魅力を感じるようになった。

何度も諦め掛けた「気違いになること」というドストエフスキーの目論見が、またも息を吹き返したのである。

ある時私は、ダニエル・パウル・シュレーバーの『ある神経病者の回想録』という本の中に、次のような素晴らしい文章を発見した。

自分が女で、性交されているなら本当に素敵に違いない。〔ダニエル・パウル・シュレーバー『ある神経病者の回想録』講談社学術文庫、二〇一五年、六〇頁〕

これはまさに雷のような一文で、私はこの文章に全身を刺し貫かれた。自分以外にもこんなことを欲する人間がいるのかという驚きと安堵とが、いちどきに襲ってきた。しかも彼は、精神病患者（パラノイア）なのだった。社会的にはドレスデン控訴院議長という地位にあったが、過労により精神に二度目の変調をきたして再入院。以後、夥しい幻影と「奇蹟」に満ちた入院生活を送り、特異な精神の記録である本手記を執筆する。

シュレーバーは一八九五年十一月、「まず腕と両手に、のちには脚、胸、臀部に、そして他のあらゆる肉体部位に女性の肉体の印象を感受」〔前掲書、二一五頁〕し、彼が「個人的に好むと好まざるとにかかわらず、世界秩序が有無を言わさず脱男性化を欲していること」「理性的根拠からして、ひとりの女に変身するという思想に親しむこと以外に何も残されていないこと」〔傍点原文ママ〕〔前掲書、二一六頁〕を疑いようもなく自覚する。

脱男性化という現象が彼に生じた理由についてシュレーバーは、神による受胎を果たして人類を再生させるためと説明しているが、その説明はなぜか私に、「私が物を欲したのではなく、物が私を欲したのだ」という嘗ての万引きの理由付けを思い出させた。

そんなことより私にとっては、女であることの喜びの記述と、それが自分のことのように理解出来るということの方が遥かに重要だった。

> 私自身にとっては、私の肉体が――神の奇蹟によって繰り返し告知された考えの通りに――ただ女性の肉体においてのみそうであるようなかたちで、この種の器官の存在を示していることは、今や主観的に確実である。私の肉体の任意の場所に手で軽く圧迫を加えると、皮膚表面の下に糸状ないし索状の性質をおびた形成物を感じる。これらはとりわけ私の胸、つまり女性では乳房のある箇所にあり、その末端が時折、結節状に肥厚して感じら

れるという特徴を持っている。この形成物に圧迫を加えることで、特に私が何か女性的なものを考えているときには、女性にとってそうであるような官能的快楽感を得ることができる。［傍点原文ママ］［前掲書、三二九―三三〇頁］

私は何度も自分の体を撫で回してきたから、自分の体を触った時に感じる内側から染み出してくるような女性性の感覚には馴染みが深く、この文章はそれを正確に言い当てていると思った。シュレーバーはこの感覚が主観的なものであると述べているが、次の記述は自分の女性化が客観的なものでもあることにも言及している。

観察する者は、おおよそ十分か十五分間、私の近くに留まるべく努力しなければなるまい。そのようにすれば、誰であっても、胸が膨らみ、そしてしぼんでゆくという変化に気付くに相違ない。私の場合はごく普通程度にしかはえていないが、腕と胸の男性の体毛は当然ながらそのままである。また、乳頭も男性にふさわしく比較的小さなままとどまっている。しかし、これらを度外視すれば、上半身裸になって鏡の前に立っている私を見る者は――

殊に女らしい衣装で幻惑的な姿が強化されるなら――誰であっても、女性の上半身であるという疑いようのない印象を持つであろうと私は敢えて強調しておく。〔傍点原文ママ〕〔前掲書、三三三頁〕

男の肉体のままで脱男性化が可能であるということの、これは驚くべき記述だった。ここでは、あのダイアン・フォーチュンの魔法の定義「思うままに意識の中に変革をひきおこす技術」の範囲を超えて、思念を物質化させるという奇蹟が生じているのであった。自らの体に「思念体」としての女性性を付与するという離れ業。カバラによる魔法の限界を、精神病は超えることが出来るのだ。

勿論私は、シュレーバーの言葉を文字通りに全て信じたわけではない。しかし、自らの体に物理的な女性化を生じさせるほどギリギリまで追い詰められた彼の精神には、激しい同情と共感、そして羨望とを覚えざるを得ないのだった。

ちなみに『ある神経病者の回想録』を訳した渡辺哲夫は、シュレーバーはパラノイアではないとして次のように述べていることを付け加えておきたい。

思えば、シュレーバーの物語は「性交されている最中の女だったなら凄く素敵だなあ」という願望充足的な「夢うつつ」の白昼夢体験に端を発している。それゆえ、シュレーバーの「妄想」は、実は「夢幻様体験（夢遊病的神秘体験）」の執拗な持続（反復）であり、覚めがたいエロースの夢なのだ。［渡辺哲夫『創造の星　天才の人類史』講談社選書メチエ、二〇一八年、二四二頁］

覚めがたいエロースの夢！
実によく分かる！

暴力

何度も言うようだが、私には神秘体験や照明体験のようなものはない。私にあるのは、恐怖の体験だけである。それは体罰の体験であり、恐らくは虐殺された体験であり、そして虐殺した体験である。従ってそこには恐怖のみならず、実は陶酔の体験も含まれているに違いない。恐怖の記憶を掘り下げていくと、決まって世界の終末というイメージに結び付く。

私はいつの頃からか、町の風景やショッピングモールを眺める時、必ずそこに終末の風景を重ねて見るようになった。こんな煌(きら)びやかな光景はいつか必ず廃墟になる、とその度に思った。

私は幼い頃から廃墟に強く惹かれていて、廃墟はとても美しく、何よりも人の裸体が似合うと思っていた。だからそんな風景の中に、自分自身の裸体を置いてみたくなったのかも知れない。荒廃した場所にうずたかく積み上がった人の裸体という風景（例えばアウシュヴィッツの写真）を初めて見た時は仰天したが、それはその写真がモノクロだったからで、カラー写真であればひょっとすると既視感を覚えたかも知れない。
人が一人残らず死に絶えた風景というのは、即ち人類が誕生する以前の風景でもあろう。人が必ず死ぬように、世界は間違いなく滅びる。しかしその景色は恐ろしいだけではないに違いないという気がする。

シュレーバーは言う。

世界没落の観念と関連している幻影は、すでに述べたように、私はこれを無数に持った。一方では身の毛のよだつような恐ろしいものであったが、他方では言葉では書き表せない雄大なものであった。〔前掲『ある神経病者の回想録』、九九頁〕

世界没落感は、統合失調症の特徴の一つである。ここで没落していく「世界」とは何であり、世界が没落した後にはどんな風景が見えるのだろうか。

私は井筒俊彦の著作もまた『分裂病の少女の手記』同様、多くの小説家や詩人が隠れて読み、そのエキスをこっそり自らの作品に採り入れている隠しネタの一つなのではないかと睨んでいる。その井筒俊彦は、『ロシア的人間』の詩人チュチェフの章でこう述べている。

ギリシア神話は「始めに混沌(カオス)ありき」と言う。この太初の混沌(カオス)を神々が次第に征服して次第に秩序ある世界を作って行く。それを「世界(コスモス)」という。コスモスとは元来、整然たる形態の美を意味していた。コスモスの地盤の上に人間達が住み、そこに文化が形成される。だがカオスは征服はされても死滅したのではなかった。ただ人間的世界の地表から姿を隠してしまっただけである。「一切の矛盾と一切の醜悪の、ぱっくり口開けた不気味な深淵、裏返しの無限性」(ソロヴィヨフ)であるカオスは、今でも依然として地下深いところに生き続け、のたうっているのだ。〔前掲『井筒俊彦全集 第三巻　ロシア的人間』四三〇頁〕

世界没落体験の時、シュレーバーもまたこの原初的なカオスを見たのではないだろうか。世界の没落が我々の世界の消滅であるならば、そこに現れる景色は人間が文化を創り出す以前の、社会以前の言語以前の秩序以前の混沌世界であるだろう。我々人類が営々と積み上げてきたコスモス世界の文化的表層が全て剥ぎ取られてしまったこのような実相世界を、井筒俊彦はここでは「存在以前」と呼んでいる。

大地の底に今なおうごめいているこの不気味な「混沌（カオス）」は、一切の存在者の存在の源であり、全てがそこから生れてきた太古の故郷である。人類も自然も、およそ生あるものはそこにこそ真の源をもつ。それは形而上学的意味において、一切の存在者の「存在以前」だ。

［前掲書、四三〇頁］

私はよく、人類の進化において人間が人間になったその劇的な変化について夢想する。我々人類の祖先は太古の昔、個としての意識は著しく希薄であったろう。恰も虫や細菌のように、世界と完全に一体化していたに違いない。それが脳が巨大化していく進化の過程で、個としての意識を目覚めさせる強烈な力が作用し始め、その結果、一体化していた世界から引き剥がされることになったのだろうと思う。その時言葉が決定的な役割を果たし、次々に名指しすることで「一」だった世界を「文節化」してバラバラな断片に分解し、挙句の果てに自分自身もその矮小な断片の一つにしてしまったのだ。この時人類は世界に対して「部外者」となった。それによって客観的な視点を得、物や環境に対して積極的に働き掛けるという、文化創造の基本的な能力を得たに違いない。

思うにこれは、人類にとって危険な賭けでもあった筈である。中には劇的に変化していく世界の異様さに上手く適応出来ず、形成途上の脆弱な自我が道半ばにして潰(つい)えていくような悲劇が数多あったのではないだろうか。

我々と同じ祖先から生まれ、寧ろより大きな容量の脳を持ち、生息域すら重なっていたとされるネアンデルタール人は一個体残らず絶滅した。我々の近縁種である彼らは、簡単な言葉を用いていたという。私はネアンデルタール人が滅び去ったのは、彼らの脳が言葉による「分節化」に失敗したからではないかと密かに思っている。根拠はないのだが、彼らが持っていた立派な脳はなぜか現生人類である我々に比べて「一」なる世界からの分離を極度に嫌い、そのことが集団行動や組織的な戦略といった生き残りに不可欠な生存戦略への道を、自らの手で閉ざす結果を招いたのではないだろうか。

そして我々現世人類の歴史においても、内在的な淘汰圧が作用していた事は疑う余地がない。

ニーチェはこれについて次のように述べている。

> 空間的間隔、光、色等々に関して本質的に別様の感じ方をした人間たちは、排除されてしまい、うまく繁殖することができなかったのだ。こういう別様の感じ方は、何千年もの長い間「狂気」と感じられて忌避されたにちがいないのだ。人々はもはや互いに理解し合わず、「例外」を排除し、破滅させたのだ。一切の有機的なものの始まり以来或る途方もない残酷さが現存してきた、つまり「別種の感じ方をした」一切のものが排除されてきたのだ。［傍点原文ママ］［『ニーチェ全集 別巻4 生成の無垢』下、ちくま学芸文庫、一九九四年、六三頁］

認知が少しでも異なる者の排除。これは「狂気の歴史」でなくて何であろう。つまり我々は生まれると同時に遮眼帯を装着させられ、一方向的にしか物が見られない世界に閉じ込められているのではなかろうか。それは1イコール1の世界であり、秩序の世界であり、因果律の世界であり、科学的な世界であり、健康と衛生の世界であり、そして世間的常識の世界である。もし、男であると同時に女であったり、男が女になって性交されたり、小鳥と喋ったり、世界が没落したり、裸で町を歩き回ったり、家の外の壁を巨大な蛇が這い回っていたり、建物が全て舞台の書割になったり、誰かが自分を殺そうとしていたりといった別の現実を生き始めるなら、その途端その人は忽ち排除の対象となるだろう。

排除とは明らかに暴力である。

我々の社会は、町外れのゴミと同じように、社会の外へと別種の人間を排除することによって成り立っている。もし異物排除の力が弱まれば、社会は内戦や暴動や災害によって打ちのめされた場合と同じく、忽ち混沌世界へと逆戻りする恐れがある。社会の内部にいる人々（インサイダー）はそれを激しく忌み嫌い、常時監視を怠らない。排除の論理は人々によって内面化され、監視は町や職場のみならず家の中にまで及ぶ。遵守すべき規範は「世間」「世間様」「常識」「普通」などと呼称され、これに従わない人間は叱責され、訓練され、矯正され、それでも駄目な場合は精神病院や刑務所に隔離される。ある種の人間にとってはとても息が出来ないこのような環境が、社会、学校、家庭において絶えず反復・強化され続けている。しかし逆に言うなら、絶えず補強されていないと簡単に消滅してしまうほど、それらの規範には実体がないということでもある。例えば「人に後ろ指を指されないようにしなさい」という規範は、一体何を語っているのだろうか。この場合の「人」とは誰を指すのか？　母なら「そんなの、世間様に決まってるやないの」と答えるかも知れない。しかし、では「世間様」とは何なのか？それは母にとっては間違いなく、ごく少数のご近所さんや知人のことに過ぎない。彼女はひたすら、そういった人々から悪く言われることを恐れているのである。たかが数人の人間のことを社会全体だと見なすこの偏狭なものの見方こそ、寧ろ普通ではないのではなかろうか。

「まとも」な社会にうまく適応出来ないのが、アウトサイダーである。

彼らは多かれ少なかれ、人類が営々と築いてきたこの文化全体が、恣意的に組み立てられたでっち上げであると感じているのだと思う。そんな作り物の社会に我慢出来ず、彼らは本物の世界（実相世界）を希求して止まない。嘘っぱちの日常に不意に生じた綻び（ほころび）、この社会に入った亀裂を彼らは探す。そんな裂け目の向こう側に恐ろしい深淵が顔を覗かせていたとしても、いやそうであるからこそ一層彼らはそこに首を突っ込んで覗き込まずにおれない。亀裂から「存在以前」の世界を垣間見た瞬間の縮み上がるようなおぞましさと陶酔こそ、彼らが命がけで求めるものなのだ。そこにこそ、彼らの生の実感が存するのである。それは実は、聖人や修行僧の神秘体験や悟りと、コインの裏表の関係にあるものだ。なぜなら「存在以前」の世界は一つであり、全てがそこから生まれてきた「一」なる世界だからである。そこは正邪、聖俗、善悪が一切の別なく溶け込んだ原初のカオスである。「カオスとは聖なるものそのものである」とハイデッガーは言っている〔『ハイデッガー選集3　ヘルダーリンの詩の解明』理想社、一九六二年改訂版、九五頁〕。

「存在以前」の世界は、どんな存在も「部外者」でいることが許されない領域であるから、自分の存在が消える覚悟がなければここに参入することは出来ない。生来の臆病者で、個であることにしがみ付いた手を放すことが出来ない私は、従って「存在以前」の世界を本当には知らない（私は金縛りの時の「体の力を緩めればあっと言う間に向こう側へ連れ去られてしまうような」圧倒的恐怖を思い出している）。私はただ予感して震え、近付いては恐れをなして逃げ帰ってくることを繰り返しているだけである。しかし止められないのである。頭がおかしくなることで少しでもそこに接近出来るなら、「普通」であることなど手放してもよいとすら思うことがある。それが私が狂気に惹かれて止まない理由であり、狂いを内包した文学作品に憧れる所以でもある。

文学作品の中にもし狂気の要素がないならば、それはただこの社会の常識や普通を強化するものとして利用されるだけであろう。文学作品には、何かとんでもなく異様な要素が含まれていて欲しい。私が常に念頭に置いているのは、路上に横たわる一頭の真っ赤な剥き身の牛である。フランシス・ベーコンの絵のようなこんな代物がもし路上に横たわっているのを眼にしたとすれば人は驚愕し、その瞬間、それまで何事もなかった日常に大きな裂け目が入ることだろう。優れた小説には多かれ少なかれ、このような日常性の裂け目が顔を覗かせているものだと思う。

読者をゾッとさせる文学は、押しなべてこのような文学である。

例えば癩病（ハンセン病）を患い、結核によって二十三歳で死んだ北條民雄の「いのちの初夜」や「吹雪の産声」といった短編を読む者は、例外なく自分の足元に底知れない穴が開いたかのような寄る辺なき不安に胸を鷲摑みにされるに違いない。

中上健次「欣求」、中勘助「犬」、古井由吉「杳子」、ピエール・ガスカール「けものたち」、色川武大『狂人日記』、平野威馬雄『陰者の告白』、アルジャナン・ブラックウッド「ウェンディゴ」、福島次郎「バスタオル」、安部公房『砂の女』、ウィリアム・ゴールディング『蠅の王』、ポール・オースター『最後の物たちの国で』、アンナ・カヴァン『アサイラム・ピース』、小林美代子「髪の花」、吉田知子「お供え」、スティーヴン・ミルハウザー「ナイフ投げ師」、J・M・クッツェー『夷狄を待ちながら』、ミシェル・ウエルベック『ある島の可能性』など挙げ始めたら切りがない。

これらの作品を読むと読者はまず無傷では済まないだろうが、何か途轍もない解放感を覚えるかも知れない。毒は薬にもなるからである。

それから、他にたくさんの奇妙なものがあらわれ、それに新しい名前を与えねばならないだろう。たとえば「石の眼」、「三本角の巨大な腕」、「松葉杖の足趾」、「蜘蛛の腮」などというみたいに。それから暖い静かな部屋で気持よいベッドに眠っていた男は、蒼みがかった土地の上、陰茎の森の中で真裸で眼をさますだろう。ジュクストブーヴィルの煙突のように空に向って突出している、微かに鳴っている赤や白の陰茎の森には、玉葱のように毛むくじゃらで球根のある、半ば地上にでている巨大な睾丸がある。鳥どもかがこの陰茎の森を飛び廻り、嘴でつきさして血をださせる。その傷からゆっくりと静かに、血の混った、濁って生温い小さな気泡を浮べた精液が流れでるだろう。〔『サルトル全集　嘔吐』人文書院、一九七〇年改訂版、一八三頁〕

これは、マロニエの木の根に嘔吐を催して以降の主人公ロカンタンの記述であるが、シュレーバー並みの幻視を思わせる奇観である。あたかも、まだ名付けられていない魑魅魍魎の渦巻く「存在以前」の混沌世界を描いたかのような描写だ。しかしまさかサルトルが、このような幻視を体験したわけではあるまい。私はこの小説を再読した際、この部分を含んだ前後の描写が、『クチュクチュバーン』の世界観に通じている気がして驚いた。『クチュクチュバーン』を執筆した当時に『嘔吐』のこのシーンが頭にあったとは思われないが、ひょっとすると記憶の奥底に残っていたのだろうか。

つまり文学というものは、直接には経験していない見えない世界を、ただ言葉のみによって描き出すことが出来る媒体でもあるのである。書いている本人はよく分からないままに、そうしている場合もあるだろう。『クチュクチュバーン』の場合で言えば、時間がない切羽詰まった条件下で搾り出した苦肉の無意味世界の殴り書きが、図らずも「存在以前」の混沌世界に微かでも触れていた可能性はゼロではなかろうと思うのである。

そして誰でも、文学の中でなら女にもなれるし、狂人にも魔女にもなることが出来る。読み手も書き手もそうなのだ。女を描く時に女にならない男の書き手はいないし、男を書く時に男にならない女の書き手はいない。差があるとすればその憑依の強度であり、巫女としての精度であろう。私は小説におけるこの強度と精度をひたすら上げ続けることで、シュレーバーの見ていたような「エロースの夢」をずっと追い求めている人間なのかも知れない。その意味では私は既にある程度本物の狂女であるのかも知れず、もしそうであればそれは実に素晴らしいことだ。

Ⅶ

憑

契約

「クチュクチュバーン」で第九十二回文學界新人賞を受賞して、私は授賞式に招かれて上京した。千代田区紀尾井町の文藝春秋の本社のそばで赤信号で立ち止まると、背の高い、どこかで見たような青年が横に立っていた。私は「こんにちは」と声を掛けた。同時受賞した長嶋有氏だった。我々は一緒に社屋に入った。授賞式は会議室のようなところで行われ、「文學界」の編集の人たちと、長嶋氏の俳句仲間だった川上弘美氏がいて、腕時計と賞金を貰った。その後食事をご馳走になった。その席で長嶋氏に「受賞作を書くのにどれぐらい掛かりましたか？」

と訊くと、彼は「・年ぐらいかなあ」と答えた。私はその時心の中で「勝った」と思った。私はその時にはまだ、自分が「クチュクチュバーン」を二週間で書き上げたと思っていたからである。

ちなみに同僚の三咲光郎氏は、私が京都大学新聞新人文学賞を受賞した翌年の一九九八年にオール讀物新人賞（「大正四年の狙撃手（スナイパー）」）を、私が文學界新人賞を受賞したのと同じ二〇〇一年に松本清張賞（『群蝶の空』）を受賞した。私の勤務校には他にも新人物往来社の歴史文学賞の受賞者（沼口勝之『孤愁の仮面』）がいて、教員の小説家率が異様に高い高校であった。三咲光郎氏の松本清張賞の授賞式に参列した時、新聞社の人に「吉村さんは、大きな賞の候補にも上がっているそうですね」と声を掛けられ、私はそれは芥川賞のことに違いないと思って舞い上がった。ところが蓋を開けてみると、それは記者の勘違いで芥川賞の候補になっていたのは長嶋有氏の「サイドカーに犬」の方だった。私はショックを受けて良からぬことを念じ、彼は受賞を逸した。

その年の夏、文學界新人賞の選考委員だった山田詠美が大阪の書店にサイン会に来た時、私は挨拶がてら出向いた。そして控え室に招いて貰って話す機会を得た。その時私が何かの拍子に「なーに、僕なんてまだまだ素人ですから！」と口走ったところ、彼女の顔が豹変して「受賞したらプロよ！　甘えは許されないのよ」と一喝された。私は引き攣り笑いしながら、これはえらいことになったと思った。デビューしたことは分かっていたが、自分がプロ作家であることに本当に気付いたのはこの時だった。

文学賞を受賞したら当然のように受賞第一作が求められる。奇想が勝負の「クチュクチュバーン」の後に更なる奇想ものを書くのは難しかったが、しかしそれしか思い付かず、苦労して何とか一本「人間離れ」という作品を書くことが出来た。長嶋有氏はまだまだ書けていないだろうと高をくくっていたところ、彼も私と同じ十一月号に受賞第一作が載ることが分かってまたショックを受けた。

当時の私は、なぜこれほどまでに長嶋有氏を意識していたのだろうか。思うにこの頃から私は、彼に比べて鳴かず飛ばずの自分は、作家としてこのまま消えてしまうのではないかという不安に押し潰されそうになっていたのである。プロ作家になるつもりなど最初からなかったのだから、消えてしまっても良さそうなものなのに、それをどうしても受け入れられなかったのは、私の本心が、プロ作家になることで「世間」から圧倒的なお墨付きを得たいというものだったからだと思う。もし芥川賞でも取ったら母を完全に屈服させられるという考えが、心のどこかに芽生えていたに違いない。担当編集者も、新人作家は芥川賞を狙うのは当然というスタンスだった。しかし私は何を書いたらいいのか分からず、書き掛けては投げ出しながら焦りだけを募らせていた。

その年の暮れ、何が何でも今年中に原稿用紙二百三十枚分の小説を書き上げるという思いで私の頭は沸騰していた。本として出版出来る最低枚数を二百三十枚と考え、これによって一発大逆転を目論んだのである。しかし書いては頓挫することを繰り返す内に、体の具合がおかしくなってきた。頭が痒くなり、妻に見て貰うと痒い部分が小さく禿げていた。皮膚科に行くと、円形脱毛症との診断だった。痒みは治まらず、禿げは次第に大きくなった。クリスマスの日に、書いていた小説がまたも頓挫した。私は悲壮な決意の下に、残り六日間で必ず二百三十枚書くというミッションを自分に課した。一日四十枚書かねば追い付かなかったが、私は一日中ワープロに向かうことでこれを成し遂げ、大晦日に「少水の魚」という二百二十七枚の小説を書き上げた。手の甲にもブツブツが出来て、痒みは頂点に達していた。妻は花屋の深夜仕事で留守で、私は深夜に一人テレビを点けて暫くの間ぼんやりと「紅白歌合戦」の映像を眺めた。画面がフィナーレになった途端、何の感情もなしに涙が流れ落ちてきた。すると悲しみとも悔しさともつかない感情が押し寄せてきて、私はベソをかいた。自分に同情したのである。自分に同情した瞬間、大の大人であっても人は子供のように泣くものだ。私は「少水の魚」が失敗作であると分かっていた。

やがて年が明けた。

新しい年は四十一歳の厄年だった。

「文學界」二〇〇一年十一月号に載った長嶋有氏の「猛スピードで母は」は評判が良く、二度目の芥川賞候補になった。それに対して私の「人間離れ」は、批評家から、もうこういう奇想ものはお腹一杯と評され、「2チャンネル」で「SFっぽいものしか書けなくて先が見えてきた作家」と称された。即ち殆ど黙殺と言ってよかった。一月中旬の夜、妻を助手席に乗せて海岸沿いを車で走っていると、カーラジオから長嶋有氏の「猛スピードで母は」が第百二十六回芥川賞を受賞したというニュースが流れてきた。私はその瞬間、このまま車ごと大阪湾に突っ込んでしまおうかという衝動に駆られた。夜景が酷く歪んで見えた。

しかしその後は気持ちはすっかり落ち着いた。一緒に走っていた長嶋有氏の背中が、もうすっかり見えなくなったからである。そして頭に禿げが沢山出来た。私は群発性の円形脱毛症になって禿げは五つに増え、それらは互いに繋がってメコン川のように蛇行した。いよいよ髪の毛では隠し切れなくなり、当時勤めていた支援学校の職員室で机に向かって事務仕事をしていると、同僚の先生がそっと割れた髪を元に戻してくれたりした。中には「吉村さん、ごっつい禿げやなあ！」と笑い飛ばしてくれる教師もいて有り難かった。私は意を決して理髪店で丸坊主にし、剃刀で頭を剃った。しかし剃った部分は青く、禿げの部分は肌の色をしていた。そこで私は頭にバンダナを巻くことにした（群発性円形脱毛はその後六年ほど掛けて治ったが、今度は普通に禿げてきたのでバンダナをしたまま現在に至っている）。

「クチュクチュバーン」は人間の体がどんどん異形化していくという小説だったが、群発性の円形脱毛症という形で、いつの間にか私自身が異形化してしまったのだった。これには思い当たる節があった。私は一九九五年の五月十四日に、悪魔と契約を結んでいたのだ。当時三十四歳だった私は、かつて暮らした家の前の「オカルトの森」から悪魔を召喚し、「逸脱行為と不幸を受け容れる代わりに、文学的成功を与えよ」という内容の契約を結び、判読不能の創作文字を日記の一頁に記してこれを契約書としていた。阪神淡路大震災と地下鉄サリン事件の年であった。文学的成功とは「血の言葉を得る」ことであってプロ作家になることではなかったが、結果的には望んだ以上のことが実現してしまった。この契約は、その後自分の犯した過ちから大きな不幸を招き寄せた時、恐ろしくなって一方的に破棄したが（日記の契約書には大きなバッテンが描かれ、サインが黒く塗り潰されている）、それまでの九年間はかなりの効力を発揮していたと思う。そして契約を破棄して以降私は、まるで悪魔の報復ででもあるかのように、全く本が出せない四年間のスランプを経験することになる。

頭が禿げたのは、「クチュクチュバーン」の受賞と作家デビューという文学的成功に対する当然の代償だと私は思った。たとえ悪魔と契約していなくても、小説に書いた事柄が現実化するという経験は、多くの小説家が味わっているのではあるまいか。そういう意味では小説を書くこと自体が、どこか呪われた所業なのかも知れない。

私は「少水の魚」を友人に読んで貰った。N2にはそこそこ評価されたが、N1は酷評した。そして彼は私にこんなことを言った。「自分の禿げこそ恐ろしいやろ。それを書いたらどうや」。

ある日、私の不調を見かねた「文學界」の編集者Aが、会いませんかと言ってきた。小説のアイデアを考えてくるようにと言われ、私は無理やり十個のアイデアを搾り出し、そのメモを持参した。九個までは従来の路線のSFチックな内容で、メモをザッと見た編集者Aは最後の一つを指差して「これでいきましょう」と言った。そこには、東京でのM子との同棲生活を描いた私小説がメモしてあった。

その年の夏休みに、私はこの私小説の初稿を書き上げた。何度挑戦しても書けなかったM子との顛末をこの時初めて最後まで書くことが出来たのは、悪魔の力を別にすれば、あれから十数年の月日が流れて、漸くM子との日々に充分な距離が取れるようになったことと、私の中で自分を曝け出すということに臆面がなくなったからだと思う。私は小説家を一種の見世物だと考えることに決め、半ば自棄になって書いたのである。この小説の主人公は明らかに私であり、エロ・グロ・バイオレンスと三拍子揃っていて、とても現役の教育公務員が書くような内容ではなかった。

詩や小説を書くことは救済の装置であると同時に、一つの悪である。ことにも私小説を鬻ぐことは、いわば女が春を鬻ぐに似たことであって、私はこの二十年余の間、ここに録した文章を書きながら、心にあるむごさを感じつづけて来た。併しにも拘らず書きつづけて来たのは、書くことが私にはただ一つの救いであったからである。凡て生前の遺稿として書いた。書くことはまた一つの狂気である。［車谷長吉「あとがき」『鹽壺の匙』新潮社、一九九二年、二六七頁］

書きながら、この車谷長吉の狂気の片鱗を味わったかも知れないと思う瞬間が何度かあった。M子があの別れの際にこれを書くことを許可してくれていなければ、私はこの小説の「むごさ」に屈していたかも知れない。ちなみに私は、後にどうしても確かめたいことがあって車谷長吉の講演会に出向いたことがある（二〇〇七年十月「作家・車谷長吉とその母」朝日カルチャーセンター大阪教室）。すると噂に違わずズボンのチャックが全開になっていたので、T先生の「文学を志す人間は、人と同じであってはいけません」をまさに地で行くアグレッシブな逸脱行為の実践者として、益々尊敬の念を深めた。車谷長吉の本にも悪意たっぷりに描かれているが、今思うと小説家を取り巻く世界そのものがどこか狂気じみていたような気がする。特に、幾つもの悲喜劇を生んできた芥川賞や直木賞を巡る情念の渦は激しく、私も知らず知らずの内に巻き込まれていたのだろう。もし私がかくも鈍感な人間でなかったなら、禿げだけでは済まずにきっともっと色々と壊れていたに違いない。

この時書いた「ハリガネムシ」は、悪魔の力を借りて、二〇〇三年に第百二十九回芥川賞を受賞した。この受賞は、編集者Aも私も全く予想していなかった。私はこの小説の内容から考えて、教育委員会が「公務員の信用失墜行為の禁止」に抵触するという理由で私をクビにするのではないかと思い、それこそが成功の代償ではないかと恐れたが、結果的にそういうことにはならなかった。

授賞式で編集者Aはこんな忠告をくれた。

「芥川賞の賞味期限は十年です。十年間は仕事のオファーが来ますが、それ以降は自分の力だけが頼りです」

この言葉は強く記憶に残った。

今思い返してみても、この時落選していればその後は二度と候補に上がらなかっただろうと思う。当時の私には、再挑戦するだけのエネルギーはなかった。人には持って生まれたエネルギーの容量というものがあって、こんな恐ろしい賞に関わることは私の場合一回が限度だった。

受賞によって「世間」の承認は得られたが、それで母がどうにかなったかというと何一つ変わらなかった。それどころか彼女は「何でエロばっかり書くぞね」「もっと他人様に喜んで読んで貰えるようなものを書かんといかんでえか」などとうるさく言ってきた。悪魔は契約に基づいて「文学的成功」の代償を要求し、私はそれを支払わなければならなかった。結果的にそれは大変に高くついた。しかしこれについて書くには、あと十年ぐらいの時間の経過が必要だと思う。と言っても、それは在り来たりな出来事に過ぎない。そういう人生の失敗の一つや二つ誰もが抱えている筈で、それを殊更に人目に晒して金に換えるのが小説家（私小説作家）稼業ということになろうか。

ベンジャミン・リベットの実験というのがある［ベンジャミン・リベット『マインド・タイム　脳と意識の時間』岩波書店］。常識的には、人はまず「コップを取ろう」と意思して、その後に脳が腕や手に命令を発し、その結果コップを手に取ると考えられてきた。しかし彼の実験は、人間が意思する0・4秒前に行動を促す準備電位が既に脳内で発生していることを明らかにした。ここから、我々に自由意志はあるのかという問題が生ずる。つまり行動内容が、自分の意思する前に脳内の電機パルスによって決まるのなら、我々の言動は悉く免責されるのではないかということだ。

ベンジャミン自身は、ルネ・デカルトとの架空対談で「私たちは、何をすべきか、または、いつすべきか、ということも含めて、自発的な行為の出現を制御できるという感覚に気づいています」〔前掲書、二〇〇五年、二三三－二三四頁〕と述べて、自由意志を擁護する立場を取っている。

　自分の行動が、恰も自分の意思ではなく（契約に従って）悪魔に操られたもののように語る時、私は自分の自由意志を否定しているのである。それは「脳が勝手にやったことだ」と主張するのと変わらない責任放棄であり、万引きを「私が物を欲したのではなく、物が私を欲したのだ」と考えるあのパターンを繰り返しだ。そしてその根底には、自分の全ての愚行や失敗を、ずっと一つの原因に帰してきた私の魂の歴史があるに違いない。

　即ち、悪魔の正体は恐らく母なのだ。

　しかしどの道、それが悪魔であろうと母であろうと、自分の手で殺さなければならない相手であることに変わりはない。

　仏に逢うては仏を殺し、祖に逢うては祖を殺し、羅漢に逢うては羅漢を殺し、父母に逢うては父母を殺し、親眷（しんけん）に逢うては親眷を殺して、始めて解脱を得（え）、物と拘（かかわ）らず、透脱（とうだつ）自在なり。

仏に逢えば仏を殺し、祖師に逢えば祖師を殺し、羅漢に逢ったら羅漢を殺し、父母に逢ったら父母を殺し、親類に逢ったら親類を殺し、そうして始めて解脱することができ、なにものにも束縛されず、自在に突き抜けた生き方ができるのだ。〔入矢義高訳注『臨済録』岩波文庫、一九八九年、九七頁〕

別の個所で『臨済録』は、父は「無明」、母は「貪愛(とんあい)」のことであるとも説いている〔前掲書、一三四頁〕。「無明」とは真理に暗いこと、「貪愛」とは貪り愛着する心のことである。

小説

私は今でも、小説の書き方がよく分からない。

どんな短い掌編小説でも、毎回ゼロから考えなければならない。一からではなくゼロからなのだ。小説とは何かといったところから考えなければ、一歩も前に進めないことも少なくない。テクニックが積み上がらず、書き方のマニュアル化が出来ない。従って無駄に文章を書き連ねながら、何か手掛かりや足掛かりになるものはないかと豚のように鼻を鳴らし、蠅のように飛び廻り、蛆虫のように這い回るしかない。その時に最も邪魔になるのが、「意味」であり「価値」である。それらを避けて「無意味」や「無価値」の中に「裂け目」を探すのが、小説を書く前段階の儀式となる。

小学生の頃、バス通りを歩いていると、向こうからスピードの出たバイクが走ってきた。そのバイクは私のすぐ近くのカーブに差し掛かったところで、アスファルトの上の砂利に前輪を取られて転倒した。ヘルメットを被っていなかった青年の頭が丁度私の足元の側溝に突っ込んで、U字溝の中で激しく揺れてコココココココココッという猛烈に速い連続音を立てたかと思うと、突然不気味なほど静まり返った。後日聞いたところでは、その青年の頭には後遺症が残ったという。

その青年の頭が立てたコココココココココッという音とその映像は、半世紀経った今でもありありと私の中に残っている。それは「安全運転」とか「ヘルメットを被ろう」とか「アスファルト上の砂利は危険」といった別の意味には到底還元出来ない、それだけで完全に独立した最終形態の記憶として頭に刻み込まれている。私は後にも先にも、こんなにも残酷で、尚且つこんなにも滑稽な人の頭の動きを見たことがないのだ。それは、もし分類箱に整理しようとしても入れる箱がないため、そのラベルを「バイクの青年のコココココココココッ」とするしかないような唯一無二のものなのだった。そこから何の意味も汲み取れないという意味では「無意味」としか言いようのないこの数秒間の記憶は、しかし無意味であるが故にいつ思い出しても新鮮で、ハッとさせられる。

　世界にはこのような、インパクトのある、代替不能で還元不能の事物が恐らく無数にあるに違いない。私はそういう事物を蒐集してノートに記録しようと思い立った。それが小説の糸口になったり、種になったりすることが間々あるということに気付いたからだ。「還元不能ノート」と名付けたノートは「ＳＥＥＤＳ」と名を変えて続け継がれ、今でも小説を書く前にパラパラと眺めることがある。そこには、二人乗り自転車の荷台に乗っていた少年が裸足の足指をタイヤのスポークに絡めてプルプルプルプルと音を立てながら「あぁぁぁ」と声を上げていたことや、入れ歯を外した老人のブラックホールのような漆黒の口の中や、巨大なニキビを取った後のゴボリと抉(えぐ)れた空洞のことなどが、脈絡もなく記されている。このような蒐集作業は、赤瀬川原平の『超芸術トマソン』〔ちくま文庫〕や、精神科医の春日武彦の『奇妙な情熱にかられて　ミニチュア・境界線・贋物・蒐集』〔集英社新書〕などに通じる営みではないかと思う。春日武彦はこの本の中で、「私を捨てないで下さい」と下手な字で書かれた木片（それはドア・ストッパーとして使用されていた）や、「節穴に小指を入れてすぐ抜きぬ」という寺澤一雄という俳人の「愚にもつかない」句など、数々の事例を紹介した後でこう述べている。

こんなふうに事例を列挙していったらきりがない。が、こうした瑣末なエピソードや「節穴に小指を入れてすぐ抜きぬ」といった感興が人生から欠落してしまったとしたら、わたしは何のために人生を営んでいるのかが分からない。あまりにも窮屈でいたたまれなくなってしまうだろう。些細だけれど切実なこと、子供じみているがその核にはまぎれもなく真実のカケラが埋め込まれていること。つまり奇想であること。そのようなことについて、虚しい努力であることを承知で私は論考してみたかったのである。〔前掲書、二〇〇五年、二〇二—二〇三頁〕

画家の小出楢重（こいでならしげ）に「足の裏」という随筆がある。大阪の千日前で、汚れた水槽に潜る海女の見世物を見た時の印象が記されているのだが、私はこの文章を一読、忽ちにして忘れられなくなってしまった。

> やがて印半纏を着た男が何かガンガンとたたいて、さアこれより海女の飛込と号令した、すると穢い女が二、三人次の部屋から現れてその汚水の中へ飛び込んだものだ、私は動物園を考えた。
>
> 見物人が一銭を水中へ投げると海女は巧に拾うのだ、その時海女は倒立ちとなって汚水から二本の青ざめた足を突き出した、その足の裏は萎びて、うすっぺらで不気味で、青くて、堅くて動物的で、実用で、即ち人間の立つ台の裏という感じなのであった。〔『小出楢重随筆集』岩波文庫、一九八七年、六九―七〇頁〕

画家ならではの、実に素晴らしい描写であると思う。これに対して、川端康成の「お信地蔵」という掌編小説には、主人公の「彼」が乗合馬車で乗り合わせた娘についての記述があり、同じ足の裏でも全く印象が違う。

> 珍らしく綺麗な娘が乗っている。この娘を見れば見る程彼は女を感じた。色町のなま温か

い欲情が三つ児の時からこの娘の体にしみ込んで肌を濡らしていたにちがいない。円々しい全身のどこにも力点というものがない。足の裏にも厚い皮がない。黒い眼がぽつりと開いた平たい顔は疲れを知らない新鮮な放心を示している。頬の色を見ただけで足の色が分るような滑かな皮膚は素足で踏みつぶしたい気持を起させる。彼女は良心のない柔かい寝床である。この女は男の習俗的な良心を忘れさせるために生れたのだろう。〔川端康成『掌の小説』新潮文庫、一九七一年、八七頁〕

これはまた、むしゃぶり付きたくなるような足ではないか。

どちらも圧倒的な存在感である。

この二つの足の裏は、確かにそこに「在る」。存在することに他の何物も必要としないという点では、「神」にも通ずる独立体である。何か意味があるからとか、理由があるからといったことを全く必要としない、ただの「在る」である。だからこそそれは自由であり、ゼロであり、それ故に原点足り得るのだ。こういうものこそ「還元不能」なものであり、社会の約束事や意味コードを離れた「存在そのもの」なのだと思う。そしてこのようなものを足場としてのみ、私は小説が書ける気がするのである。この二つの足の裏のようなものを、この社会の中に自分の力で探し出すこと。それが私が小説を書くその度毎に行っている儀式であり、opusなのである。

熱量

喫茶店や食堂や大衆酒場に行くと、よく親方が弟子に説教している光景に出くわすことがある。そして驚くべきことに、どの親方も殆ど似たり寄ったりのことを言っている。それは大体こんな具合だ。

「お前、何をふざけたことやってくれとんねん。そんなことやっとるから、いつまで経っても半人前やて言われるんやないけ。もっとピシッとせんかピシッと。人の道から外れたことをするなって、何遍言うたら分かるんじゃゴルア。人に金を借りたら感謝して、期日までにちゃんと返す。もし期日に遅れたら反省して、心の底から謝罪する。それが人の道っちゅうもんとちゃうんか、あん？　俺の言うてること間違うてるか？　間違うてる思うんやったら、はっきり言うてみんかいワレ（「ワレ」は「お前」の意）」

ここに出てくる「人の道」という言葉を聞くと、私は反射的に拒否反応を起こして「イーッ」となってしまう。「人の道」という「人として踏み行うべき道」が予め決まっていて、それを踏み外さぬように生きていく人生が「当たり前」と考えられていることの背景には、彼らをそう信じ込ませている強大で暴力的な「力」の存在を感じる。彼らは刑務所や軍隊にいるのではない。市井に暮らす自由人であるにも拘わらず、なぜ自ら進んで「人の道」という「型」に自他を嵌め込もうと腐心するのだろうか。

文化人類学者の奥野克巳は『ありがとうもごめんなさいもいらない森の民と暮らして人類学者が考えたこと』〔亜紀書房〕の中で、ボルネオ島に暮らす狩猟採集民プナンについて、次のように述べている。

「反省する」という言葉はプナン語にはない。〔前掲書、二〇一八年、五〇頁〕

「ありがとう」という表現は、プナン語にはない。［前掲書、七一頁］

プナン語には、「借りる」「返す」という言葉がない。［前掲書、一一二頁］

プナン語には精神病、こころの病いを表す言葉がない。［前掲書、二一五頁］

言葉がないということは、その概念もその事象もないということである。プナンの人々の暮らしには、反省も、感謝も、貸し借りもない。つまり我々の社会で「人の道」とされているものが存在しないのである。「人の道」とは、厳密には我々の社会に固有のものであり、親方のような存在が弟子に懇々と説教することによって辛うじて保たれているような特殊な価値基準に過ぎない。従ってそれを絶対のものと考える必要はなく、それが苦しいと感じるならばそこから逃げ出したり、風穴を開けたり、笑い飛ばしても一向に構わないものなのだ。「人の道」が所詮相対的な価値観に過ぎず、そんなものを採用する必要がないことはサド侯爵も保証している。

［……］したがって美徳はどうひいきめに見ても、土地土地によって変化する法律の従属物で

あって、いかなる確固たる実在性も与えられてはいない。ゆえに人間はこの美徳に対して、もはや憎悪以外のものをいだくことができず、もっとも完全な軽蔑以外のものを感じることができない。だから最善の生き方をしようという者は、当代にあっては、ゆめゆめこの卑しい、利に専らな生き方、法律や偏見や気質の結果でしかないこの生き方を、採用しないように決意することが肝要である。［マルキ・ド・サド『悪徳の栄え』角川文庫、一九六九年、四七頁］

「人の道」のような「美徳」を採用しないことは、私の精神を解放し、伸び伸びとした深呼吸を可能にしてくれる。予め敷かれたレールを往くことほど、うんざりする人生はない。

しかしだからと言って、私にはサド公爵のように、サディスティックな悪徳に熱狂するほど、良心の呵責から解放されてもいなければ、充分なエネルギーの持ち合わせもない。逸脱行為には否応なく惹き付けられるが、恐らく禍々しいプレイの最中にふっと堪らない虚しさに不意を衝かれ、恐れをなして逃げ出してしまうに違いない。

逸脱を享受するには、それなりの能力が必要なのだ。

生きる力、生きるエネルギーの不足は、ひょっとすると私の人生における根本的な問題かも知れないと思う時がある。世の中には、生きんとする意志が並外れて強い人間が多過ぎる。彼らは生物個体として強靭で、健康で、利己的で、この世界を牛耳っている中心勢力として君臨している。とても敵いそうにない。力で勝てない者は、道徳や秩序に頼って自分を守るしかない。従って私は、本当は「人の道」に依存しながら生きているのである。借りた物を返さない人間や、反省も感謝もしない人間が、実は私は大嫌いなのだ。そういう人間が「プナンには、有難うも御免なさいもない」とぬけぬけと言い放ったとしたら、私は内心激怒することであろう。「人の道」を強制されるのは御免だが、「人の道」を踏み外すような人間は許せない。なぜなら、そういう人間の相手をするのは大層しんどいことだからだ。面倒臭い上に、エネルギーが吸い取られてしまう。こういうところが私という人間の矛盾した点である。そして実はこういう人間の存在があってこそ、「人の道」という鵺的存在は延々と生き延びてきたのに違いないと思うと、こんな自分につくづくうんざりする。従って私には「人の道」を否定する資格はない。それでも私は「人の道」が大嫌いなのだ。「人の道」は母の口癖でもあった。母は私より、遥かに生きる意欲に満ち溢れている。強い人間ほど「人の道」に何の疑いも持たないものである。何という疎ましさか。私の唯一の頼みの綱は、強い種は環境変化によって一挙に絶滅するが、辺境に生きる弱い種は生き延びる可能性が高いという進化論上の法則だけである。今の環境にやっと適応して細々と生きている種は、環境が変わっても何とか適応していくだろう。滅ぶのは、今の環境に過剰適応している種である。

個々人に備わるエネルギーの多寡というものは、つくづくその人の人生を大きく左右するものだと思う。

檀一雄の『火宅の人』［新潮文庫］を読むと、自分の不徳のせいで家の中は火の車で、この世の地獄のような様相を呈しているにも拘わらず、主人公桂一雄（檀一雄）の食欲と行動欲、性欲が一向に衰えることを知らないことに舌を巻かざるを得ない。

赤痢で二週間入院した息子一郎の身体に、自分と同じ生命力と業火が燃えているのを見た桂一雄はこう考える。

私から一郎につながる妄動の性癖は、ひょっとしたら、私達の並はずれた健康の過剰によるものではなかろうか。人は笑うだろう。その心身のアンバランスこそ、不健全の最たる

> ものだと。私もまたそう信じて、自分の中に跳梁するさまざまの官能と浮動心を呪いつづけながら生きてきたようなものだ。それは、ほとんど私の心身を八ツ裂きにするように私自身を駆りたてて、逸脱へ、逸脱へと、追い上げるのである。［前掲書、上、一九八一年、二七五頁］

並外れた健康の過剰！　こういう文章を読むと、限りない懊悩に身悶えしつつその一方で「人の道」などどこ吹く風と言わんばかりのアウトロー振りに、思わず身震いしそうになる。この振り幅の大きさ！　檀一雄は自分の不倫生活の地獄をリアルタイムで書いて世間に晒し、その原稿料で生活していた人である。とても真似出来ないが、憧れる。自殺した友、太宰治の対極に位置する、バタイユの「過剰と蕩尽」という言葉がピッタリの生き様である。見習いたいが、私には難しいだろう。しかし映画『火宅の人』で緒方拳演じる桂一雄（檀一雄）が、どこへ行くにも原稿用紙を握り締めていた姿だけは、これからもずっと手本にしたいと思う。何があっても文学にしがみ付く姿勢には、何かとても救われるものがある。

誰にとっても、生きるということは並大抵のことではない。人が日々死なずに生きているだけでも、充分大したものだと思う。

仮にある時ふっと何もかもが面倒臭くなり、生活することを止めてしまったとしよう。すると忽ち郵便受けに新聞や郵便物が溢れ、洗い物や洗濯物は溜まり、生ゴミは腐臭を放ち、職場からは無断欠勤の理由を問う電話やメールが引っ切り無しに届くだろう。人生とは、休むことなく流れ続けるベルトコンベアーの上の無数の些事の謂いであり、生活するとは次々に流れてくるその些事を一つ一つ処理していくことなのだ。それは、考えようによっては大いなる労役である。従って人生のどこかの時点で燃え尽きて、そんな生活から下りてしまいたくなったとしても不思議ではない。実はこの世を、「人の道」のようなしっかりとしたルールが支配する秩序ある統一世界と捉えること自体、かなりのエネルギーを要する仕事なのではなかろうか、と私は思う。そんな世界観は、皆が何かしら無理をしてキープしているようなところがあるような気がする。人のエネルギーが極度に低下すれば、秩序あるものに見えていた世界は忽ち何か意味不明のものになってしまうのではなかろうか。

W・ブランケンブルク『自明性の喪失　分裂病の現象学』〔みすず書房〕は、自殺未遂で入院した二十歳の女店員アンネ・ラウが陥った、そんな意味不明の世界を報告している。父親は幼い頃からアンネに辛く当たり、度々乱暴を加えた。母親は「『教養』とか公衆道徳とかいうことについて非常に確固とした信念を持っていて、たいへんに厳しく、あまり融通のきかない」〔前掲書、一九七八年、六二頁〕女性だった。このような家庭の中でうまく振舞えなかったアンネは、他の兄弟の分まで集中的に父親の乱暴を受け、精神的に次第に追い詰められていく。父親は家庭を構わなくなって外に女を作り、両親は離婚するに至る。アンネはある日睡眠薬を大量服薬して自殺を図り、精神病理学者ブランケンブルクの勤務する病院に入院した。そして彼に、自分を苦しめている事柄について次のように語った。

だれでも、どうふるまうかを知っているはずです。だれもが道筋を、考え方を持っています。動作とか人間らしさとか対人関係とか、そこにはすべてルールがあって、だれもがそれを守っているのです。でも私にはそのルールがまだはっきりわからないのです。私には基本が欠けていたのです。だからうまくいかなかったのです。ものごとはひとつひとつ積み重ねていくものなのですから……〔傍点原文ママ〕〔前掲書、七四頁〕

私がいま――なにか仕事をみんなでいっしょにすることになったとき、それが長続きしない、うまくゆかないのです。たとえば洗いものなんか――むつかしいのは、なにがむつかしいかというと、どういったらいいのか――私にはそれがあたりまえのこととしてはできないのです。なにか変な感じなのです。無理をしてしなくてはならないのです。それで私の心がだめになってしまう、すっかりくたびれてしまいます。だから洗いものなんかもうしません。〔傍点原文ママ〕〔前掲書、七六頁〕

なんとなく生きるなんてできないことですもの……なんとなく生きるということにすっぽりつかっているなんて、とてもできないことです。〔前掲書、一一六頁〕

ブランケンブルクは彼女に、分裂病（統合失調症）の診断を下す。彼女の訴えからは、「最も簡単なことであり、最もありふれたこと」〔前掲書、一〇六頁〕であり且つ「一番大切で一番根本的なこと」〔前掲書、一〇六頁〕であるところの「あたりまえ」（自明性）が分からなくなると、生きることが途轍もない混乱状態に陥ってしまうことがよく伝わってくる。

のののののののののの
のののののののののの
のののののののののの
のののののののののの

例えば「の」という字を沢山書いていくと、やがてゲシュタルト崩壊が生じて「の」が「の」に見えなくなり、それを当たり前の「の」に戻すためには一定の「力」を必要とするということが起こる。馴染みの「の」ですら、油断するとあっと言う間に意味不明の記号に転落してしまうのである。それと同様に、我々は意識しないままに「自明性」と「自明性の喪失」との間を揺れ動いていて、力づくで「あたりまえ」を維持し続けているのではなかろうか。そして何らかの原因でエネルギーが減り、その「力」が保てなくなると人は精神を病み、自明性が喪失するという状態に陥るのであろう。

アンネの病状は悪化を繰り返しつつ少しずつ良くなっていったが、主治医の交代と共に悪化し、二十代半ばで彼女はとうとう自殺を遂げてしまう。

約束を守ったり、感謝したり謝罪したりといった「人の道」を当たり前のものと信じ、これを実践すること。そのしんどさを最も敏感に感じているのは、精神を病んだ人たちに違いない。計見一雄（けんみかずお）は『脳と人間　大人のための精神病理学』〔三五館〕の中で、精神病患者の脳が、エネルギーを節約して「サボる」ことについて述べている。

精神病棟には、不思議な若々しさを保った患者が何人かいる。症状はさまざまだが、ようするに過去のままなのである。

若々しいままの人との話には、まったく現実感がない。話の中味にも、会話が行き来するフィールドにも。現実感というより現在感がない。ただ言葉とその意味だけがツルツル行ったり来たりしている。

これらは結局のところ、現実―現在を構成することがエネルギーを要する労作であるので、脳がさぼるのである。どうさぼるかというと過去のデータの自動発火だけを延々と繰り返すのだ。妄想の森の住人のように、いつも同じ呪文を唱え、いつも同じ結果と失望を繰り返しながら、決してそこから学ぼうとしない。〔前掲書、一九九九年、三〇四―三〇五頁〕

精神を病んでまで脳がサボるのは、必要があってそうしているのだろうから大いに結構なことだと私は思う。人は辛い人生を少しでも生き易いものにするために、様々な工夫を凝らす。精神を病むということも、自分が壊れてしまわないための防衛策の一つに違いない。そして文学もきっとそうなのだ。計見一雄の伝でいくと、文学も一種の「サボり」なのかも知れない。文学などはそもそも不要不急の代物で、飢えた人間にとってのキャラメル一粒の価値もない。存在していなくても一向に構わないものですらあろう。実際に小説を書いている時、これは農業や道路工事や医療や介護といった実のある労働に従事している人々に比べて、自分は明らかにサボっているのではないかという気がすることがある。何か言葉の森の中に逃げ込んで、言葉によって守られているという安心感もある。

　しかし現実が圧倒的な力で伸し掛かってきた時、文学の中に逃げ込んで何が悪いのだろうか。頭がおかしくなってしまいそうな時、衝動的に「書く」という行為に走り、それによってこの世を成り立たせている眼に見えない巨大な力に対抗しようとするのは、納得のいく自然な反応ではなかろうか。その時生まれ出てくる言葉は、押し潰された体から噴出した血や糞尿のようなものであろうが、その言葉がどんなに醜くても、狂気に見舞われた人の言葉ほどこの世界の暴力性の核心に触れている言葉はないような気がする。

文学は、狂気と最も親和性が高いジャンルの一つである。私はせめて文学の中でだけでも、思い存分狂ってみたい。自由である筈の文学作品の中でまで、お行儀良くしている必要はない。ましてや「人の道」に沿った文学など、形容矛盾ではないのかとすら思えるほどである。

精神が弱り切ってしまうと、本などとても読めないだろう。それどころか音楽も聴けないし映画も見られない。それでも尚且つ、傍に置いて掌で撫でることで精神が落ち着くような、そんなオーラを持った本を書いてみたい。読まれなくても一向に構わないのである。私自身も、そんな「ただ持っていて、たまに撫でるだけの本」というブツを結構沢山持っている。読まれて理解されなければ意味がないような本は、特にブツでなくても、電子書籍でよいような気がする。

浮沈

四十代の半ばに悪魔との契約を破棄すると徐々に小説家としての活動が滞り始め、雑誌の仕事が減り、四十八歳で『独居45』〔文藝春秋〕を出したのを最後に本の出版も止まってしまった。私生活の乱れによる精神の不安定化と、学校の仕事の多忙化もあって私は疲れていた。しかしそれは、小説のスランプの理由にはならないと思った。私はデビュー以来兼業作家だったが、小説というのはどんなに忙しくても書ける時には書けるということを経験上知っていたからである。しかしまた、幾ら時間があっても書けない時は書けないのである。確かこの年の秋だったと思うが、私はある出版社の編集者に「古村さんはこのまま売れない小説を書き続けていて、それでいいと思ってるんですか?」と言われ、いいとは思わなかったので頑張るしかないと腹を括った。「是非、新機軸を」と求められたが、自分にとって何が新機軸なのか、どの方向に努力すればいいのか、私には全く分かっていなかった。方向性が定まらぬまま焦燥感に駆られてただ我武者羅(がむしゃら)に努力するという悪い性癖が出て、私はどんどん袋小路に入っていき、身動きが取れなくなった。

スランプは四年ほど続いた。

その間の二〇一一年、東日本大震災が起こった。三月十一日は、支援学校の中学部の卒業式の日だった。中三の学年主任をしていた私は、卒業式を終えると学年の先生達を引き連れ、和歌山県の白浜温泉に卒業旅行に向かっていた。途中、ジュースでも飲もうと阪和自動車道の紀ノ川サービスエリアに立ち寄った時、テレビの前で鈴生(すずな)りになって津波の映像を見ている人々を目にした。画面の中では、黒い海水がゆっくりとしかし着実に町を呑み込んでいた。太平洋沿岸に軒並み津波警報が出ていて、紀伊半島沿岸も真っ赤な線で縁取られている。私は宿泊先のホテルに連絡を取り、卒業旅行を中止にして大阪に引き返すことに決めた。

この年の六月、私は編集者ＮＢに「絶対に見ておいて欲しい」と言われ、彼に連れられて宮城県に行った。そして仙台市、石巻市、女川町を車で巡り、津波が剥ぎ取っていった痕の大地の上を歩き回った。それはまさに、人間の文明が成立する以前のカオスであり、「存在以前」の世界であるように思えた。津波が周囲の山肌に当たって二十メートルを超える高さになった女川町の、建物も根こそぎ持っていかれた荒涼とした風景の中を、犠牲者の魂や遺族に対する冒瀆を恐れながら私は歩いた。砂利や瓦礫を踏む自分の足音以外には音はなく、何もかもが乾いた泥に覆われて色も乏しく、風もなく、ただ海と泥の匂いが漂っていた。

原民喜（はらたみき）の見た光景は、このようなものだったのかも知れないと思った。

彼は小説「夏の花」の中で、原爆が投下された直後の広島の光景をこう記している。

　　パツト剥ギトツテシマツタ　アトノセカイ

まさにあらゆる物が、巨大な力によって恐ろしいほどに剥ぎ取られていたのだった。

更に歩いていくと、そんな中で一つだけ、鮮やかなオレンジ色が目の中に飛び込んできた。

それは中身の入ったバヤリースオレンジの瓶であった。栓は抜かれていなかった。私はその一本のオレンジジュースの瓶に、人間の文化の痕跡を見た気がした。人類滅亡後の地球にタイムリープして、そこでたった一つの人類の遺産を見付けたかのような、何とも言えない切なさと哀しさがその瓶にはあった。

この旅行は私に、自然は人間のことなど歯牙(しが)にも掛けないという圧倒的な事実を突き付けてくると同時に、そんな自然に立ち向かうことで生き延びざるを得なかった人類の持つ、どこか蟷螂(かまきり)の斧を思わせる哀しい性(さが)のようなものを強烈に印象付けた。しかし原発事故を含め、東日本大震災は私には巨大過ぎて、とてもすぐに何か書けるような性質のものではなかった。

細々と短編小説を書きながら、その後もズルズルと続くスランプから抜け出せないでいる内に、私は五十一歳になった。そしてこの頃から、一つの期日が自分に迫りつつあることを強く意識するようになった。小説家であることと教員であることの、どちらが自分にとって大切かを私は真剣に考えた。体力的にも時間的にも、兼業作家であり続けるのはもう不可能になっていたのである。小説家としての収入は公務員のサラリーとは比べ物にならないほど低かったが、教員としての自分の代わりはいても、小説家としての代わりはいないと半ば無理やりに考えて、私は教員を辞めることに決めた。そして二〇一三年の三月末、私は二十七年間勤めた教職を退いてスランプの状態のまま専業作家になった。この無謀な決断に、二〇〇三年の受賞時に編集者Aに言われた「芥川賞の賞味期限は十年」という言葉が強く作用していたことは言うまでもない。

サラリーマンを辞めてまず分かったのは、長年に亘って自分がいかに目覚まし時計によって無理やり起こされてきたかということだった。目覚ましをセットするのを止めると、目覚めが断然違った。今までは船が岸壁に激突するように目覚めていたものが、優しい波に運ばれて音もなく砂浜に流れ着くような目覚めに変わったのである。起床時間が何時になろうと、誰も文句を言わない（私は家の近くの仕事場で寝起きしていた）。その日目覚めた時刻が、即ちその日の始まりの時刻だった。安定した収入と世間体の確保という観点から「教員を辞めるな」とずっと言い続けてきた母に、私は舌を出した。退職金は、府政を掌握していたある政党のせいで随分削られたが、いざとなれば釜ヶ崎で日雇い労働をすればいいと思った。通勤に使っていたバイクに乗って出掛け、最近まで勤めていた勤務校に立ち寄って校舎を眺めながら、元同僚達に向かって「ご苦労さんです」と呟く。そしてその足で山手の温泉に向かって走って行くと、胸の中に沸々と喜びが込み上げてきて「俺は自由だーっ！」と絶叫したりするのだった。私は、いつ寝てもよくいつ起きてもいいという生活に入って初めて、自分が今までいかに大きな「規律」の下で暮らしてきたかを自覚した。教育公務員は一般の人間に比べて、職業としての縛りが多い。そもそも「公務員は全体の奉仕者である」や「信用失墜行為の禁止」などという曖昧な規律は、私の最も嫌うところではなかったか。どうしてそんな窮屈な仕事に自分を投げ込んだまま、二十七年間もやってこられたのか不思議で仕方なかった。

私がこの不自由さに対する憤懣（ふんまん）を、小説にぶつけていたことは間違いない。特にスランプの期間には、内容的にギリギリの作品を書いていたようだ。「家族ゼリー」〔「文學界」二〇一一年八月号〕と「樟脳風味枯木汁」〔「季刊文科」二〇一一年十一月号〕の二作は共に短編集『虚ろまんてぃっく』〔「文藝春秋」〕に収録されているが、明らかに教員が書いて許されるような代物ではなかった。特に前者は酷く、ある評論家は「発禁覚悟で書かれたとしか思えない」と評したほどである。それでも私がクビにならなかったのは、教育委員会が私の作品を読んでいなかったからであろう。公務員には職務専念義務という規定があり、兼職兼業が原則禁止されている。従ってコラムやエッセイといったどんな小さな仕事であっても、その一つ一つについて、事前に「臨時収入許可願い」を教育委員会に提出して許可を得なければないが、不許可になったことは一度もなかった。それは、事後に報告義務がなかったことが幸いしたに違いない。もし事後にチェックされていたら、訓告の対象ぐらいにはなっていなければおかしい。ちなみに私は一度だけ分限処分を受けたことがある。都立高校の教員時代、組合員みんなで授業をサボって労働組合の闘争に参加し、青年部長だった私は幹部の一人として賃金カットされた。生徒には申し訳なかったが、このことは今でも誇りに思っている。そしてもしエロ・グロ小説を書いた廉で処分されたとしたら、私は散々母に文句を言われながらももっと誇りに思ったに違いない。

不自由に耐えられないが、完全な自由にもそう長くは耐えられない人間、それが私だった。退職して三ヶ月が経って蟬（せみ）が鳴く頃には、自由気儘で怠惰な生活が逆に苦しくなって、何かちゃんとした「規律」の中に自分を閉じ込めたいと思い始めた。命じられる客体としての自分が自由という「刑罰」を拒否し、情けなくも、勉強を強制されていた子供時代や浪人時代、目覚ましに叩き起こされていた教員時代を懐かしむようになっていた。ここにもエネルギーの枯渇という問題があるような気がする。

無際限な自由は、私のような人間には重荷なのだ。

やがて私は、何のために教員を辞めたのかを思い出した。小説を書くためだった。

しかも私は、生活費を稼がなければならなかった。

その頃には、東日本大震災や福島第一原発の事故とそれを巡る社会の動きに自分が何を一番強く感じたかを、ある程度客観的に判断出来るようになっていた。私は当時声高に叫ばれていた「オールジャパン」「日本は一つ」「家族の絆」「頑張らないでいい」といったスローガンに強い拒否反応を覚えていた。知っているつもりの言葉を敢えて辞書で引くことで意外な意味をそこに見出し、異化作用を誘発するという車谷長吉流のやり方を真似て、私は「絆」という言葉を辞書［『岩波国語辞典』第三版、一九七九年］で引いてみた。するとそこにはこう書かれていた。


「絆」……「馬・犬・たか等をつなぎとめる綱。転じて、断とうにも断ち切れない人の結びつき。ほだし」

「ほだし」「ほだされる」の項にはこうあった。

「ほだし」……「①自由を束縛するもの。②馬の足にかけて、歩けないようにする縄」

「ほだされる」……「束縛される。特に、人情にひかれて心や行動の自由が縛られる」

国を挙げて、「自由を束縛する縄」のことを金科玉条のように連呼していたのである。まるで日本中が私の母になったかのようなこの不穏な空気を描かなければ、と私は思った。私の書く小説は、ほぼ例外なしに母に対するアンチテーゼなのだ。

こうして私は、八月中旬に「ボラード病」の初稿を書き上げた。これはその年の十二月に出た「文學界」［二〇一四年一月号］に巻頭掲載され、これとほぼ時を同じくしてコリン・ウィルソンが八十二歳で他界した［二〇一三年十二月五日］。

『ボラード病』［文藝春秋］は一定の読者を得た。文庫化もされて、私はこれによって漸くスランプを脱することが出来た。

私はこの文章を書くのに当時の日記を参照している。スランプからの脱出は自力で成し遂げたものと思い込んでいたが、しかし私はさっき日記の中にこんな一文を発見してしまい、俄かに背筋が寒くなった。

「おい悪魔。契約は生きているぞ」

一方的に破棄した筈の契約がこの一文で一方的に有効になっていた可能性があり、だとすれば悪魔との契約は今でも続いているのかも知れない。確かに私は『ボラード病』以来大きなスランプには陥らず、少ないながらも小説家として一定の収入は得られている。その代償は何だろうか。それは随分と溜まっている気がするのだが。

還暦を超えた私には、最近、目を細めると地平線にぼんやりと門のようなものが見えることがあり、その門には死んだ人々が群れていて、中にはこちらを振り返って手招きする亡者がいたりする。そしてその亡者の口の中は、ブラックホールのように漆黒なのである。

Ⅷ

雪

創作

ある時私は夜の船に乗っていた。私は船の甲板に立って夜景を眺めていた。沿岸には、沢山の街灯が林立していた。街灯の灯りは光の筋となって、海の水面上を揺れていた。そしてその筋は、一本残らず私を目指して集まっていた。言うなれば私は、光の扇の要の位置にいるのだった。そして船が移動しても、光の筋はいつまでも私という一点を目指して追い掛けてきた。これは私が、全方位的に放たれている街灯の光の中で、自分に向かってくる光だけを見ているからだった。もし隣に誰かいたら、彼（彼女）もまた、自分のもとへと全ての街灯の光の筋が集まってくる光景を見ていたことだろう。就職浪人時代に宇高連絡線のフェリーの甲板にいた私とＨもまた、このように少しだけズレた別々の世界を見ていたに違いない。

この時私は、なぜ自分がこの世に一人の独立した個体として存在しているのかが分かった気がした。今この瞬間に私が見ている光の筋は、他の誰とも共有出来ない私にしか見えない世界であり、私の隣にいる人間は私と違う光の筋の世界を見るのである。即ちそれが私の存在理由であり、彼（彼女）の存在理由なのではなかろうか。そんな気がしたのである。私と彼（彼女）とは交換不能の存在であって、夫々に掛け替えのない認識主体として別々にこの世界を認識している。そういう個体が地球上に七十七億人いて、その他無数の生物が夫々の仕方でこの世界を認識している。その無数とも言える認識が、この世界そのものを成り立たせているのではないだろうか。我々の認識が対象によって規定されるのではなく、カントの言うように「対象が我々の認識に従って規定せられねばならない」〔『純粋理性批判』上、岩波文庫、一九六一年、三三頁〕のだとすれば、世界の成立にとって我々の認識は欠かせないものである。そしてこの世に無数の認識主体が存在することは、この世界が決して静的なものではなく、多層的でポリフォニックでダイナミックな運動体であることを意味するだろう。この世界は多様な次元の集合体なのだ。

時に我々人間は、互いの「世界」認識の違いによって激しく対立し、喧嘩したり、戦争したりする。しかしもし「世界は一つ」という陳腐なスローガンが具現化し、人類がただ一つの個体になってしまったとすれば、そこに現れ出る世界は実に単調で冷え切った詰まらないものであるに違いない。世界は一つではなく無数の側面を持つからこそ、光を乱反射して、宝石のような輝きを放ったり、おぞましい奇観を呈したりと多様な姿を見せるのだと思う。勿論ここで言う「世界は一つ」の世界は、例の「存在以前」の「一」なる原初的世界とは全くの別物である。「存在以前」の「一」なる世界が、直視出来ないほどの煌（きらめ）きと恐るべき闇とが鬩（せめ）ぎ合う生きたカオス世界であるのに対して、全ての認識主体が単一化してしまった「世界は一つ」の世界の方は静まり返った死の世界であろう。

人は理由なくこの世界に生まれ、肉体を使って自分が生まれ落ちた世界を認識し、その世界に働き掛け、絶え間なく世界に働き掛けられ、行動し、食べ、排泄し、走り、寝て、話し、歌い、書き、病気になり、事故に遭い、死んでいく存在である。その全てが世界認識への反応であり、結果であり、表現だと言える。誰一人として同じ認識、同じ反応、同じ表現をすることはない。人は誰でも、自分のいる場所からしか見えない世界を見ている独特の存在なのである。

小説を書くということは、自分の目に見えているこの世界を言葉によって正確に写し取る作業なのだ、とこの時私は思った。わざわざ技巧を凝らしたり、個性を搾り出そうとする必要など少しもなかったのである。なぜなら、自分の見ている世界は唯一無二だからであり、また、それを正確に言葉に写し取るというのは至難の業であって、ギクシャクとした自分なりの覚束ない足跡は自然に滲み出るだろうからだ。優れた点においては人間は誰もが共通の理想形へと収斂していくだろうが、自分の劣った点を何とかカバーしようとあくせくするところには、その人なりの個性が色濃く現れるものだと思う。

書く限りは嘘ではなく「本当のこと」を書きたい。しかし「本当のこと」を書こうとすればするほど、言葉に裏切られることを書き手は覚悟せねばならない。「愛」と書いた途端、それは自分の手から擦り抜け、無数の「愛」の屍（しかばね）が浮く汚れた海に呑み込まれてしまう運命から逃れることが出来ない。従って小説を書くとは、予め挫折が運命付けられた営みと言えるかも知れない。しかしまた、我々の人生そのものが不断の挫折の営みであって、上手くいかないところにこそ生きることの妙味があるとするならば、小説もまた上手くいかないところにその良さがあるような気もする。どこか下手だなと思わせてくれる小説が、私は好きである。人は成功者より、失敗しながらもやっとこすっとこ頑張っている無骨な姿に惹かれるものではなかろうか。

私が小説を書くことの土台にはこの世界や社会に対する怒りや反抗があり、その根底には恐怖の感情がある。目に見えない暴力的な力を感じない日はなく、いつかその力に押し切られてしまうのではないかと思うと不安だ。そのせいか、銃を構えた兵士が、逃げ惑う住民を狙い撃ちにするという悪夢を私は何十年も見続けている。ミャンマーではそれが現実化していて、本当に恐ろしい限りである。我が国に潜む暴力はもっと巧妙で、善意の仮面すら被っているが、しかしそれが暴力であることに変わりはない。

社会がどんなに偽善的理想を押し付けてきても、それを断固拒否しようとする精神はいつの世にも存在する。例えばそれが若い娘であれば、こんな風に。

若い娘は自然と社会とを拒否しながら、また多くの特異な変ったやり方でそれらを挑発し、馬鹿にする。若い娘によくある奇食癖はしばしば指摘された。鉛筆の芯、封糊、木切れ、生きた蝦を食べ、アスピリンの錠剤を十も呑みこむ。その上に、蠅やくもを食べさえする。私はやはりそんなことをする非常に賢かった娘を一人知っている。彼女はコーヒーと白葡萄酒とでとてもへんな混合液を作り、がまんして飲んだ。またあるときは、酢の中に浸した砂糖を食べた。もう一人別の娘は、サラダの中にうじ虫を見つけ、思いきって食べてしまったのを私は見た。〔傍点原文ママ〕〔ボーヴォワール『第二の性Ⅰ　女はこうしてつくられる』新潮文庫、一九五九年、一四七―一四八頁〕

蜘蛛(くも)や蛆虫を食べるというのは、何と興味深い反抗の仕方だろうか。そして私にとって文学の営みはこの若い娘達のように、この世のゲテモノをこそ味わいたいという一種の「奇食癖」なのかも知れないという気がするのである。それはボーヴォワールが指摘するように、「運命にうち勝つためではなく、象徴的抗議にすぎない」〔前掲書、一五〇頁〕のかも知れない。男子の反抗に実効性があるのに対して、女子は縛られることを拒否しつつそれを望んでもいるというボーヴォワールの主張〔前掲書、一四九―一五〇頁〕が正しいとすれば、私のやっている文学も、そんな彼女達の一種絶望的な営みと変わるところはないように思う。彼女達は社会や男達に屈せざるを得ない自分の未来を半ば受け入れつつ、敢えて抵抗しているという。「鳥籠から出ようとするよりもその中でじたばたもがくのだ」〔前掲書、一五〇頁〕。これと同様に、私は自分の文学的営為に、社会を変えるような力があるとは全く思っていない。そもそも社会を変える力がある人間が、果たして文学などに向かうだろうか。力のある人間は政治や社会活動に向かい、寧ろ最も力の弱い人間が向かうところが文学という領域なのではなかろうか。私は社会を変革することは到底出来ないが、蛆虫を食べることなら出来るような気がする。それだからこそ私は、小説などというものを書いているのだ。蛆虫を食べるような人間が書いたものを、少なくとも私は心の底から読んでみたいと思うからである。

従って私にとっての世界は怒りや反抗の対象であるだけでなく、奇食癖のある若い娘達がそうであったように、密かに望むべき何物かでもある。もしそうでなければ、世界を描く気になど到底ならないに違いない。ロベルト・ボラーニョ『２６６６』〔白水社〕や阿部和重『シンセミア』〔講談社文庫〕といった作品が興味深いのは、それがこの世界そのものを思わせる圧倒的な物量とリアル感を備えているからだと思う。世界は単純でもなければ分かり易くも合理的でもなく、十描けば必ず十一の、百描けば必ず百一の未知の相貌を顕わにし、やがてそれが増殖して一万や一億の見たこともない顔を剥き出しにするような、何か途轍もなく正体不明の代物であるからこそ面白いのだ。

この世界はこうこうこうなっています、だからこのように振る舞うのがベストですなどと分かり易く明快に分析した本を読んでいると、発作的に理解不能の本が読みたくなるのはそのためだと思う。この世界が「分かった」気になると私は忽ち息が苦しくなり、頭の中に積みあがった積み木を一挙に壊したくなる。そういう気にさせる本は、ちょっと小難しい哲学や宗教の概説書や入門書に多い。その手の本を読むと、ついうっかりこの世界の本質が分かったような気になってしまうのであるが、それが危ない。閉じ込められた気分になってしまう。そこで勢い、自分には殆ど歯が立たない難解な哲学書に「避難」することになる。理解出来ないものを読み進めるのはそれなりにエネルギーが必要だが、精神は俄然解放される。授業中、優等生の頭は教師の教える内容を理解出来るが故にその内容に縛られざるを得ないが、授業が理解出来ない劣等生は、教師の禿げ頭や声や仕草を観察しながら自由な空想世界を飛翔出来る。私の読書もそのようなものであり、正確には読書と言うより頁の上を一匹の蠅となって飛び回っているようなものである。そして飛んでいる内に、それが良書であればあるほど「おっ」と思うような場所に行き当たる場合が少なくない。歴史的名著とされる哲学書は、正確な意味は分からなくてもなぜか読み手を惹き付けるそのような言葉や文章を必ず内包しているものだ。そういう言葉にたかってチューチューと汁を吸うと、これがまた苦み走った大人の味がして堪えられないということがある。尤も大半が無味乾燥の、砂漠のような言葉の荒野の中で味わうからこその滋味なのではあるが。そしてそういう汁は、往々にして私に何か書くようにと促してくる。例えば『独居45』は次のような汁から生まれた長編であった。

軽蔑される者に接する吐き気から出た軽蔑は、まだ最高の軽蔑ではなく、そのような軽蔑そのものが、まだ軽蔑すべきものなのである――〔マルティン・ハイデッガー『ニーチェⅠ　美と永遠回帰』平凡社ライブラリー、一九九七年、三四〇頁〕

しかしこの長編小説を書き終えてすら、このハイデッガーの言葉が何を意味するのか私は今ひとつよく分からなかった。しかしだからと言って別に誰も困らないだろう。難解な哲学書に疲れてくると、今度はその反動で極端に分かり易いものや決まり切ったものを読みたくなるというのも、私のお定まりのパターンである。

そんな時に手に取るのは、例えば、『初学者のための工作機械と工具』〔理工学社〕、『交通の教則』〔全日本交通安全協会〕、『ハンドブック消費者』〔消費者庁〕、『盲学校、聾学校及び養護学校学習指導要領解説』〔文部省〕、『高校程度　入社試験の問題と傾向』〔一橋出版株式会社〕、『現代地方自治全集＝6　条例と規則』〔ぎょうせい〕といった類の本である。これらの本の特徴は、毒にも薬にもならず、面白くもおかしくもない決まり切った事柄を、ただひたすら正確に書いているという真面目さにある。それは例えばこんな具合である。

進路変更、転回（Uターン）、後退（バック）などをしようとするときは、あらかじめバックミラーなどで安全を確かめてから合図をしなければなりません。〔『交通の教則』全日本交通安全協会、二〇一一年改訂版、三七頁〕

これは何と当たり前の記述であることだろうか。少なくとも車社会である我が国で暮らしている人間に、こんな分かり切ったことをわざわざ言う必要があるだろうか。勿論あるのである。なぜなら進路変更、転回（Uターン）、後退（バック）などをしようとする際には、予めバックミラーなどで安全を確かめてから合図することが大切だからである。そして、そのことをしっかりと記述することが交通教則本の本務なのである。その役割を愚直に果たしているところに、この教則本の真骨頂がある。

『現代地方自治全集＝6　条例と規則』には、条例や規則の立案についての説明が事細かになされている。「条例・規則の基本形式」の「目次」には次のような見事な例が示されていて、眺めていると思わずゲシュタルト崩壊しそうになるほどだ。

目次

第一章　何々

第一節　何々

第一款　何々（第一条―第何条）

第二款　何々（第何条）

第三款　何々（第何条・第何条）

第二節　何々（第何条―第何条）

第二章　何々（第何条―第何条）
第三章　何々
　第一節　何々（第何条―第何条）
　第二節　何々（第何条―第何条）
附則
　　第一章　何々
　　　第一節　何々
　　　　第一款　何々［『現代地方自治全集＝6　条例と規則』ぎょうせい、一九七七年、二七六頁］

実に素晴らしい眺めである。役所の文書というものはまさにこのような雛形に基づいて作られており、これが法治国家であるこの国の基礎となっているのである。

これらの本には分かり難いところはなく、寧ろ分かり易過ぎるほど分かり易い。しかし分かり易過ぎると、却って分かり難くなってしまうという逆転現象が起こりがちである。分かり切ったことをいちいち細かく説明されると、逆に我々の社会の作為性のようなものが炙り出されてくるような気がする。右の条例・規則の「目次」を見ていると、次第に「何だこれは。こんなものが我々の社会を規定しているのか」と思う人がきっといるであろう。ムカデが自分の足の運びを意識した途端、自意識の網に絡め取られてスムースに歩けなくなってしまうように、余りに自分達の社会を事細かに意識してしまうと、いかにも作り物めいたこの社会の不自然さが気になって仕方なくなり、当たり前のことが上手く出来なくなってしまうのではないかと思う。ウインカーを出す前にバックミラーで安全確認するという何でもないことすら、強く意識し過ぎると自然に出来なくなってしまうような気がするのである。なぜならこの社会の決まりごとは、その殆どが不自然で人工的なものだからである。それを殊更に丁寧に説明する規則集、マニュアル本、ハンドブックの類は、言うなればこの社会の底が抜けてしまわないための水漏れ防止のパテのようなものであろう。この世界の無味乾燥な細部について充分な枚挙を使って大真面目に記述し、一冊のブツとしてこの世界に存在させるところのその疑念のなさに私は好感を覚えるが、それと同時にその余りの無垢さに、どこか常軌を逸した偏執狂的なものを感じてゾクゾクするのである。普段は水漏れ防止のパテなどじっと見詰めたりしないものだが、時としてじっと見詰めていると、次第にそれは形の定まらない奇妙な物体となって溶け出し、世界の底が少しずつ抜け始める小気味良さを味わうことが出来るということかと思う。

ちなみにこれらの本にも増して強力なパテとしては、辞書や事典、法律、各種の専門書などがあるが、それらは余りにも強固過ぎるためか余り魅力を感じない。やはりどこか水漏れする程度に緩い感じのものの方が、圧倒的に面白い。

手垢の付いた伝統宗教や、ちょっと怪しい新興宗教関係の書籍や冊子にも、私は強く惹かれる。「大法輪」〔大法輪閣〕、ソロンアサミ『不思議と神秘の使者　ソロンの予言書』〔一神会出版部〕、「原始福音信仰証誌　生命之光」〔キリスト聖書塾〕、「ものみの塔」の冊子、『クリスチャン生活事典』〔教会新報社〕、『三千世界一度に開く梅の花』〔大本本部編〕、谷口雅春『生命の實相』〔日本教文社〕、原島嵩／飛田敏彦・共編『創価学会入門』〔聖教新聞社〕等。これらの宗教の持つ世界観はどれも確信に満ちていて、断定的である。その確固たるところが私は大好きである。中には、本当にそんなことを信じているのか首を傾げたくなるようなものもあるが、一切ブレないところが頼もしい。そしてその教義は、信者の生活全般に亘って浸透しようとする。教義は信者の人生の全ての局面に染み渡ろうとして、微に入り細を穿ってあれこれと細かいことを言ってくる。例えば『クリスチャン生活事典』には信仰生活や教会生活、異教への対処法については勿論、芸術文化や生活管理、手紙の書き方、クリスマスリースの作り方、家計簿の付け方に至るまで大変細かく記されていて、この本の総頁数は千三百頁を超える。信者の生活を教義の下に完全に管理しようとするこの傾向は、多かれ少なかれどの宗教にも見られるものである。中学入学の直前に独自の「ルール」によって自分の生活を縛ろうとした経験のある私は、宗教の持つこの傾向に共感を覚えざるを得ない。と同時に、そこに個人の自由を抑圧しようとする暴力性を感じて反発をも覚えるのである。このアンビバレントな感情が、私を一層、宗教の持つ生活規則の細かさに惹き付けるものらしい。

私の『前世は兎』［集英社］という短編集に「宗教」という小説がある。三十六歳の独身教員である栗原ゆき子は、ひたすら「ヌッセン総合カタログ」を「ヌッセンする」（書き写す）ことを自分独自の宗教実践として行っている変わり者である。「ヌッセン総合カタログ」には衣類や家具など沢山の商品が載っていて、これを「ヌッセンする」ことで彼女はキムチクなるのである。兄は彼女を心配し、せめて『広辞苑』を写せと言う。しかし彼女はそんな強制を断固拒否し、自分の宗教実践にどこまでも固執するのである。私はこの小説を書きながら、スティレスが溜まると全裸になったりする栗原ゆき子になり切ることが出来てとてもキムチクなる瞬間があった。ひょっとすると私にとって小説を書くということは、「ヌッセンする」ことと同じく一種の宗教なのかも知れない。

嘉陽美彌子『倒錯と芸術』〔鳥影社〕、エオン・エキス『強姦の形而上学』〔現代思潮社〕、奥崎謙三『宇宙人の聖書!?　天皇ヒロヒトにパチンコを撃った犯人の思想・行動・予言』〔サン書店〕、永山則夫『無知の涙　金の卵たる中卒者諸君に捧ぐ』〔角川文庫〕などの、独特の哲学・思想を持った書物もまた創作意欲を強く刺激する強壮剤である。これらを読むと、古今東西あらゆる哲学・思想を自由に材料として使ってどんな独特の料理を作っても構わないのだと、俄然勇気付けられる。外国語に堪能で原典が読め、哲学全般に通暁し、アカデミズムの王道を往く専門家が哲学・思想を正面から正攻法で研究する一方で、自分で掘り当てた地下道から入って独自のやり方で哲学・思想を撫で回す裏技があって一向に構わない。私はアカデミズムに弱い臆病者に過ぎないが、もっと年を取って傍若無人な人間になりおおせた時には、邪道極まる異端の思想書を一冊書いてみたいという野望を中学以来ずっと持ち続けている者である。

小説に限らずエッセイでも思想書でも漫画でも絵本でも落書きでもメモでも日記でも手紙でもツイッターでも、とにかく自分で産み出せる物は一つでも多くこの世界にブツとして存在させておきたいというこの根源的な欲求はどこから来るのだろうか。この営みは、安部公房の小説に出てくる、自分の糞を食べる虫ユープケッチャの生態に似ているかも知れない。

消化吸収してしまった残りかすの排泄物が主食では、燃えかすの灰にもう一度火をつけるような心もとなさを感じるが、そこは上手くしたもので食べる速度がひどく遅い。その間に繁殖したバクテリアが養分の再生産をしてくれる。ユープケッチャは船底型にふくらんだ腹を支点に、長くて丈夫な触角をつかって体を左に回転させながら食べ、食べながら脱糞しつづける。糞はつねにきれいな半円をえがいている。〔安部公房『方舟さくら丸』新潮文庫、一九九〇年、一四頁〕

自分が吐き出したものを私は何一つ捨てない。するとノートや原稿用紙やメモ帳や紙の束がどんどん溜まっていく。その中には、いつの間にか発酵するものもある。そういうものは時間を置いてから読むと、結構面白い。するとそこからまた書き継いだり、新たなものを書いたりする。そんなことを延々とやっているのである。

血族

私の伯母（母の姉）は我が家の新興宗教の先輩でもあり、教祖を熱烈に慕っていた。長年看護師をしていたが、私が就職試験に失敗した夏に交通事故に遭い、脳挫傷を負った。それは彼女が五十四歳の時だった。入院中は専ら私が、下の世話などの看病を担当した。打撲を負った彼女の体は、色とりどりの痣に覆われていた。私の主な仕事は、伯母の尿の入った尿瓶を尿瓶置き場に持っていくことだった。尿瓶置き場の空気は、色々な患者の尿の臭いがブレンドされた独特のものだった。何度もその場所に通う内に、それはやがて幻臭となって私に取り憑いた。どこにいても、息をする度に尿瓶置き場の臭いを嗅いだ。その日々は、詰め所で股を開いて居眠りしている夜勤の看護師や、寮の廊下を下着一枚で歩いていたりする彼女達の姿を盗み見ることだけが楽しみの、実に冴えないひと夏となった。伯母は生死を彷徨った末に奇跡的に意識を回復し、ベッドの上から私に向かって「あんたは将来何になるんぞね？」と訊いてきた。「高校教師」と答えると、「けっ、詰まらん！」と一蹴された。私はその時「あ、治ったな」と思った。

そんな性格の伯母だったが、教祖に対する思慕の念と信仰心だけは純粋だった。その彼女が十二年前、八十歳で亡くなった。独り身で子供がなかった彼女は、この時の看病のお礼のつもりだったのか、私にささやかな財産を残してくれた。その中に、彼女の書いた物があった。彼女は書き魔であり、何一つ捨てない性格だった。宗教及び看護学の勉強のノート、宗教の会合での体験発表用の原稿、日記帳などが、今も私の手元にある。それは私にとって何よりブツとして価値があり、特に同じ内容が何度も執拗に書き直された体験発表用の原稿用紙の束は、自分の人生を繰り返し記述しているという点で実にユープケッチャ的で気に入っている。これらの書き物によって、私は今まで知らなかった彼女の人生を知ることが出来た。それは一言で言うと、男運に恵まれなかった女が自暴自棄の時期を経てある宗教に巡り合い、教祖に身も心も奪われて財産も時間も丸々捧げ尽くして死んだというものだった。

私はいつしか、彼女のことを小説に書いてみたいと思うようになった。なぜなら伯母と母とは犬猿の仲であり、我が儘な伯母と、夢見がちな母という互いに癖のある姉妹の闘いは私にとって面白くないわけがないからである。この二人に加えて、リアリストのちょいワルオヤジである父と、ヘンタイの息子が絡むのだからまさに役者は揃っているではないか。実は私は両親の日記も持っているのだ。父は三年前に八十五歳で死んで遺物を残し、母は健在だが「捨てといて」と言って私に自分の日記を渡した（ゴミ捨て場で拾った赤の他人の日記までコレクションしている私が、母の日記を捨てるわけがない）。彼らの日記は私の日記に比べると遥かに淡白だが、夫々に性格が出ていて興味深い。これらの記録と私自身の記憶と想像力に基づいて、昭和を舞台にした身も蓋もない物語を、虚実織り交ぜてでっち上げてみたいと考えている。

こういうことが出来ることこそ、最も後に生まれた者の特権でなくて何であろう。

父がまだ私と外食が出来ていた頃、何かの拍子に父が言った一言を私はよく覚えている。

「もしお前がわしを介護することになっても、虐待だけはするなよ」

それはほんの冗談から出た言葉に過ぎなかったが、しかし父がそれを口に出した途端父も私もほんの一刹那固まった。それは父が、私の中に自分を虐待しかねない暴力性を嗅ぎ付けたからに違いなく、それが根も葉もない誤解であると言い切るだけの確信は、私にもなかったのだった。

その後父は、私に介護されることもなく、病院に入院して五日後に多臓器不全で死んだ。死ぬ前には、何度も心臓が止まった。父のベッドから少し離れて付き添っていた私は、父が声を上げたような気がして、読んでいた本から顔を上げた。苦しそうな声がまた聞こえ、私は急いでベッドに駆け寄った。父は目を白黒させていたが、私はそんな父に「大丈夫や、大丈夫」と言って笑い掛け、体をポンポンと叩いてからベッドを離れた。するとそれから一分も経たない内に数名の看護師たちが父のベッドにバタバタと駆け寄り、父は集中治療室に急送されて心肺蘇生を受けた。幸いその時父の心臓は再び動き出したが、その物々しい様子からギリギリの状態だったと分かった。声を上げた時の父は、少しも大丈夫ではなかったのだ。その時看護師も呼ばずにただ笑い掛けただけで立ち去った息子を、父はどう感じただろうか。「やはりこいつはわしを虐待しおった」と彼は思ったかも知れない。それを確かめる機会のないまま、父はその日の夜に死んだ。私はどうしてあの時、目を白黒させている父を見てすぐに看護師を呼ばなかったのだろうか。

それは今もってよく分からない。

そんな私が、そう遠くない未来に母のベッドにも付き添うことになるのである。

父の死後、母は一人でマンションに暮らしている。

母は緑内障を患っているので、定期的に私が車で国立病院の眼科に連れて行っていた。担当医は母にとても優しく、母はこの医者がとても気に入っていた。母はこの医者の手で日の手術を受けて数日間入院した。入院中のある日、母と一緒に診察室に入ると、この医者が私に何か失礼なことを言ったような気がして私は内心腹を立てた。よく覚えていないが、私の仕事を軽く見たような発言をしたように感じたのである（それは私の誤解だったかも知れない）。病室でそのことを母に言うと、先生がそんなことを言う筈がないと母は言い張った。私は確かに聞いたと言った。すると次第に喧嘩みたいになってきて、母があんまり医者の肩を持つので私はこう言い放った。

「何で俺が、たかが眼科医ごときに馬鹿にされなあかんのや！」

今思うと、実に子供っぽい発言であった。すると、母は私より更に子供っぽい反応を示した。即ち、「何でそんな意地悪を言うんぞね！」と叫んで地団太を踏み、三歳児のように癇癪を起こして泣き始めたのである。そこにいたのは、母に折檻されて泣きじゃくる幼い日の私そのものだった。私は冷静に、目の前の九十歳近い母の様子を観察した。母は「イーーーッ」となっていた。この感じはまた、母と喧嘩してやり込められていた時の伯母の様子を思い出させた。いい年をした中年姉妹のこの無様な喧嘩を、私は冷めた目で見ていた記憶がある。伯母は子供の頃から、我慢強い母に比べるとずっと泣き虫だったらしい。その弱々しい様子が親や異性に媚びているように感じ、芯の強い母は余計に伯母のことが気に食わなかったようだ。それが今や、泣き虫の伯母そっくりになって泣いているのだった。そしてこの母の姿には、私が中学時代に、浮気がばれて母に土下座しながら男泣きしていた父の姿も重なった。確かにその時の父は、固く食い縛った歯の間から「イーーーッ」という声を漏らしていた筈である。

母は医者によく思われたい一心だったので、医者に向かって文句の一つも言いかねない私の態度を到底許容出来なかったのだろう。医者の前では可愛くて美しい女性として振る舞えているに違いないという彼女の妄想世界にとって、私は恐るべき邪魔者であり、妄想の破壊者と映っていたに違いない。

私はこの時一点の同情もなく、泣きじゃくる子供の私を冷たく見ている母の目になって、泣きじゃくる老いた母の姿を冷たく眺めていた。心の中に、ざまあ見ろという気持ちがあった。恐らくこういうところが、父が見抜いた私の中の暴力性なのだろう。

アウシュヴィッツから「解放」された直後の人間の様子について、V・E・フランクルは次のように書いている。

たとえば、一人の仲間と私とは、われわれが少し前に解放された収容所に向って、野原を横切って行った。すると突然われわれの前に麦の芽の出たばかりの畑があった。無意識的に私はそれを避けた。しかし彼は私の胸を捉え、自分と一緒にその真中を突切った。私は口ごもりながら若い芽を踏みにじるべきではないと彼に言った。すると彼は気を悪くした。彼の眼からは怒りのまなざしが燃え上った。そして私にどなりつけた。「何を言うのだ！

われわれの奪われたものは僅かなものだったのか？　他人はともかく……俺の妻も子供もガスで殺されたのだ！　それなのにお前は俺がほんの少し麦藁を踏みつけるのを禁ずるのか！……」［V・E・フランクル『夜と霧　ドイツ強制収容所の体験記録』みすず書房、一九七一年新版、二〇一―二〇二頁］

私にとって目の前の母は、この男にとっての麦畑だった。フランクルという人物は、ちょっと出来過ぎの人間なのではないかと思う。どう考えても麦を踏む男の感情の方が、私には真っ当に思えた。

地団太を踏んで泣きじゃくる母の姿はみすぼらしく、どこか猥雑な感じがした。

私は好んでSMサイトの動画を見る。そこには相当酷い動画もある。乳房や局部そして手の爪の間に針を刺したり、板の上に乗せた乳房に太い釘を打ち付けたり、何本もの鉤を背中に刺して宙吊りにしたり、皮膚が裂けるまで鞭で叩いたり、鉄条網でグルグル巻きにしてスタンガンで電流を流したりする。全裸の女達は泣き叫び、涙を流す。現実には事故死に至るプレイもあるに違いなく、インターネットの深部まで行けば実際の死を記録したスナッフフィルムにも辿り着けるかも知れない。

十八世紀のフランスには「痙攣派」と呼ばれるキリスト教徒たちがいた。

次の文中の「スール」というのは修道女のことである。


血が止まると今度は、五本の釘で小さな板の上に巫女の舌を釘付けにし、両方の乳房を同じ数の釘で別な小板に打ちつける。この姿勢でスールは詩篇五十一〔……〕を唱えさせる。次にこの読唱の間、詩篇を誦句しながら参会者の持っていた剣で耳と舌を突き刺させる。それから舌の釘を抜き、代わって詩篇三十五〔……〕を読唱しつつ小刀で四百回舌を突き刺す。次いでこの突き刺しが両方の乳房に十三回行われ、そうしてから釘を抜いた。〔中村浩巳『ファランの痙攣派　18世紀フランスの民衆的実存』法政大学出版局、一九九四年、二二五頁〕

これは「助け」と呼ばれる彼等の凄まじい苦行の描写である。こういう本を読むと、ハードSMになればなるほど一種の高貴さのようなものを帯びてくる気がするのは、徹底した被虐が究極的にバタイユ的な神聖さへと繋がっていくからなのかも知れない、など考えてみたくなる。肉体に責め苦を受けることは、悉く神へと至る道なのだと。しかしそんな考えは単に、嘗ての自分が受けた体罰を美化し、合理化しようという虚しい試みに過ぎないだろう。私はこれまで自慰の際に、女である自分が死に至るまで虐待されるシチュエーションを無数に思い描いてきたが、そこに一度でも神聖さなどが顔を覗かせたことはなかった。寧ろ反吐が出るほど汚辱にまみれた気分で「小さな死」を迎えるばかりだった。そしてそれこそが私の望みでもあって、自分を「低める」ことは間違いなく性的快楽を増幅させるのだった。

私は自分に身体的虐待を加えるのが好きです。それをさせるためにお金を払うのも、好きだからです。しかし、私は自分でそれを支配し制御していたいのです。一時期、私が酔っぱらっていた時期、私はバーに行っては目についたいちばん汚れた、オエッとなるような男を拾ってセックスをしました。自分を低めたかったのです。〔ジュディス・L・ハーマン『〈増補版〉心的外傷と回復』みすず書房、一九九九年、一七五頁〕

私にはこの虐待被害の経験者の女性の衝動がよく分かる。実際に釜ヶ崎で似たようなことを何度か経験して、自分自身に吐き気を催したこともあった。しかしそうやって自分を低め、時折爆発的に湧き上がる暴力衝動を自分自身に向けられている間はまだましなのだ。土手の上から側溝に投げ落とされた仔犬のように、私の手によって暴力を振るわれた女性について、私はいつか書かなければならないだろう。

芸術

ある日、私は一人の女を見た。

雪が降る寒い冬の日の夜、女は一人部屋にいた。男が去ってしまい、女は悲しみに暮れていた。するとどこからか、寺の鐘の音が聞こえてきた。女は鐘の音を数えながら、男のことを想って涙した。そして泣き疲れ、いつしか眠りに落ちた。

バラバラと霰（あられ）が屋根を打つ音で、女は目を覚ました。しかしひょっとするとその音は、男がここを訪ねて来た音ではないかと女は思った。そんなことがある筈がないのに、女はその思いに絆されて気が狂わんばかりになった。

私はその女の、自分を抑えて小刻みに震えているような身のこなしと、反り返った白い指先と、救いを求めるかのような虚ろな目と、悲しみを湛えた表情とに心を鷲摑みにされた。こんなにも悲しく哀れで、美しい女を私は見たことがなかった。

女はとうとう悲しみに耐え切れず、髪を切って尼になった。

浮世を捨てた女は、美そのものとなって私の前から姿を消した。

私はその時、自分は今まさに「芸術」を見たのだと思った。

私は当時八十一歳の父と地元のホールへ出向き、日本舞踊を鑑賞したのだった。

地唄舞「雪」を舞ったのは母だった。

彼女は日本舞踊の名取りであり、今までも何度か見ていたが、この時の踊りだけは神懸かっていた。

私は「雪」を舞ったこの時の母に、自分が完全な美を見出したことを認めざるを得なかった。

その夜、テーブルの下の床に寝転がってテレビを見ていた父が、椅子に腰掛けていた母の脹脛に手を伸ばしてきたという話を後になって聞いた。父の行動は理解出来た。今までずっと脛毛を抜いたり、足の爪を切ったり、脹脛を揉んだりと、私も母への濃厚な接触を繰り返してきたからだ。反発していた二つの磁石が突如反転してくっ付いてしまうように、私はいつまで経っても母との適切な距離が保てないのである。

老いた母はやがて立てなくなり、感情の抑制も効かなくなるだろう。

そんな母に付き添いながら、最後の最後に暴走して制御不能になってしまう自分の姿を想像すると、何もかも捨てて地の果てまで逃げてしまいたくなるのである。

抜殻

羽を力一杯羽ばたかせて自由に飛んでいるように見えて実はその飛行はどこまでも地上の腐肉や糞に縛り付けられて決して意のままに空高く飛翔することが出来ないその一匹の蠅は暫くの間意味なく周囲を旋回した後微かに漂ってきた腐臭に吸い込まれるように飛んでいき一羽の鳩の屍骸の上に降り立つと口を伸ばして腐った体液を吸いながら目をキョロキョロさせて他の仲間との間に距離を取って腐肉の上に卵塊（らんかい）を産み付けたがその卵から孵化した蛆虫の中に落ち着きのないのがいて生まれ落ちたばかりのこの世界に過度な興味を示して動き回っているところに母蠅が戻ってきてあたかも外敵に対するような攻撃を加えたのでその蛆虫は萎縮してこの世とは別

の世界を夢想し始めたものの時が経つにつれて自分は何も特別ではなく神秘も奇跡も何一つ起こらないのだと分かってくると半ば自棄を起こして蛹（さなぎ）の中に引き籠り一週間で蠅となって出てきたが飛び方がどこか普通ではなく奇妙な数週間を過ごした後ある日地面に転がって動かなくなりやがてスカスカの抜殻と化して風に吹かれて粉になった。

【著者紹介】

吉村萬壱（よしむら・まんいち）

一九六一年、愛媛県松山市生まれ、大阪育ち。京都教育大学卒業後、東京、大阪の高校、支援学校教諭を務めた後、五十二歳で専業作家に。二〇〇一年「クチュクチュバーン」で第九十二回文學界新人賞を受賞してデビュー。以後一貫して、宇宙人的視点から見た人類（人間）の像を思い描きながら執筆している。二〇〇三年「ハリガネムシ」で第百二十九回芥川賞、二〇一六年『臣女』で第二十二回島清恋愛文学賞受賞。小説のほかに漫画『流しの下のうーちゃん』、エッセイ集『生きていくうえで、かけがえのないこと』『うつぼのひとりごと』がある。ほかの著書に『バースト・ゾーン～爆裂地区』『ヤイトスエッド』『ボラード病』『虚ろまんてぃっく』『前世は兎』『出来事』『流卵』など。最新作は『死者にこそふさわしいその場所』。

哲学（てつがく）の蝿（はえ）

二〇二一年十一月二十日　第一版第一刷発行

著　者　吉村萬壱

発行者　矢部敬一

発行所　株式会社 創元社

〈本　社〉〒五四一−〇〇四七
大阪市中央区淡路町四−三−六
電話（〇六）六二三一−九〇一〇㈹

〈東京支店〉〒一〇一−〇〇五一
東京都千代田区神田神保町一−二 田辺ビル
電話（〇三）六八一一−〇六六二㈹

〈ホームページ〉
https://www.sogensha.co.jp/

装丁・組版　松本久木（松本工房）

印　刷　図書印刷株式会社

ISBN978-4-422-93090-9 C0095

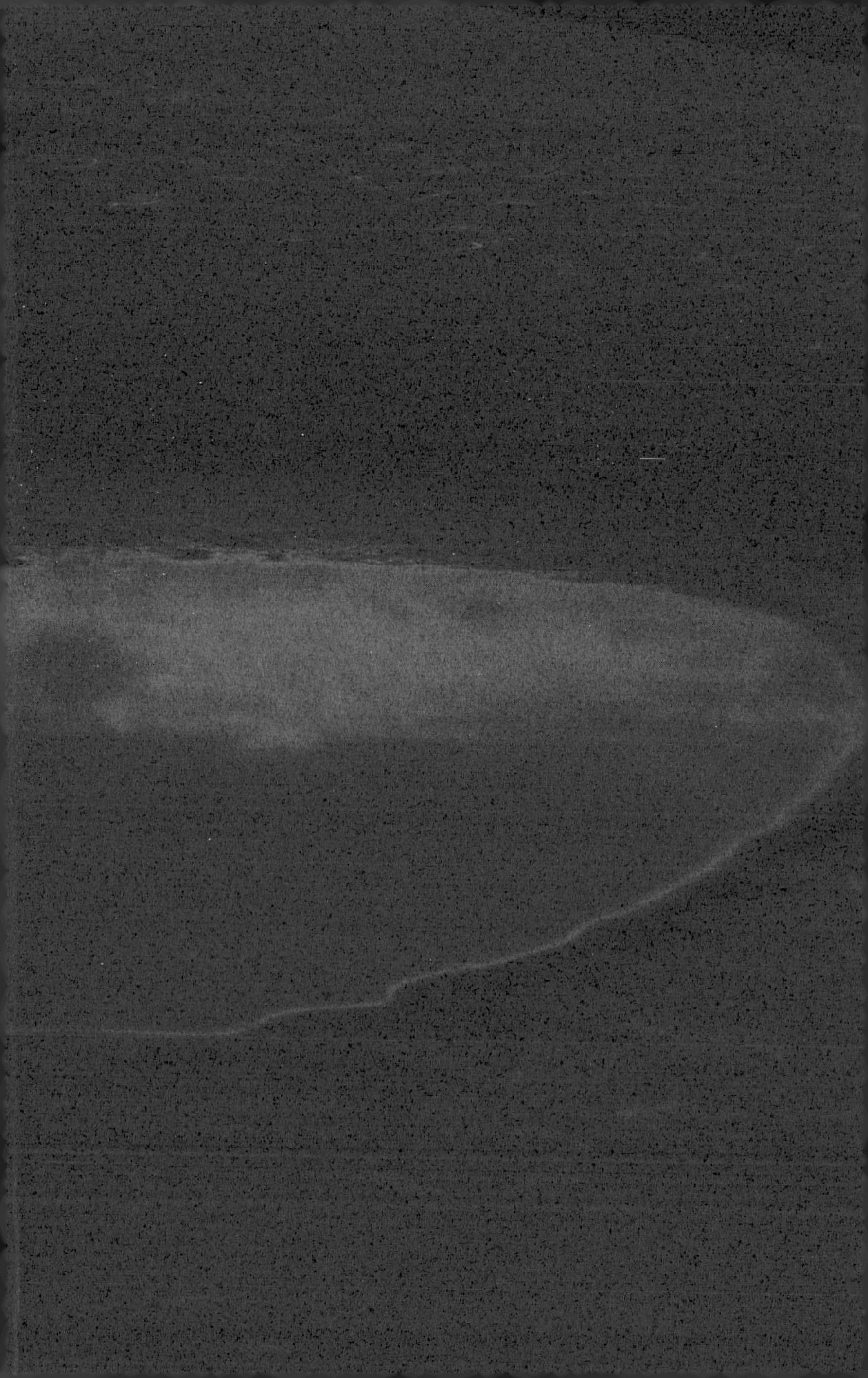